JN084566

趣味を極めて自由に生きろ！
ただし、
神々は愛し子に
異世界改革を
お望みです
3
紫南 Shinan
Illustration 星らすく

フィルズ
公爵家第二夫人の子で、モノ作りが大好きな少年。優しいながらもやや毒舌。
???
フィルズが賢者の遺跡で出会う、謎のドラゴン。
ギン
三つ子のフェンリルの次男。灰色。
エン
三つ子のフェンリルの長男。薄茶色。
ハナ
三つ子のフェンリルの末の妹。小豆色。
主な登場人物
Main Characters

ケトルーア
辺境伯家の当主で、
名うての冒険者。
スイル
ケトルーアの妻。
勇ましい美女。

クラルス
フィルズの母。
公爵家第二夫人。

ビズ
フィルズの相棒
のバイコーン。

ファスター王
カルヴィア国を
治める王。

シエル
教会のまとめ役
である神殿長。

ミッション① 守護《しゅご》獣《じゅう》達と辺境《へんきょう》へ遠征《えんせい》する

大陸にある国の中でも、戦乱からはここ数年遠のいているカルヴィア国。辺境と接する隣国との小競《こぜ》り合《あ》いは日常的にあるが、大きな戦争や内乱もなくなって久しい。

そんな国で今、大きな変化をもたらす商会があった。

「フィルく〜んっ。おっはよ〜っ」

朝日が窓から射し込むという頃。起きてすぐとは思えないほどの元気な声で息子の部屋に突入するのは、珍《めずら》しい深い藍色《あいいろ》の髪と瞳をした妙齢《みょうれい》の女性。名をクラルスという。息子と並んで町を歩けば、十人中九人は彼女を姉と思うだろう。残り一人は親戚のお姉さんと言う。とても十二歳の息子がいるとは思わないらしい。

その息子のフィルズは、今まさに朝の身支度《みじたく》を終えようと、姿見《すがたみ》で身なりを確認しているところだった。髪色や髪質は母親のクラルスにそっくりで、長く伸ばしたまま一つに結《ゆ》っている。瞳だけは父親の色を受け継ぎ、翡翠《ひすい》色をしていた。

「やだっ。もう服も着替えてるっ。ダメじゃないっ、フィル君っ。母さんがちゃんと起こしに来るって言ったでしょ？」

頰を膨らませ、腰に手を当てて怒って見せるクラルス。彼女は元流民《りゅうみん》で、吟遊詩人《ぎんゆうしじん》の父と踊《おど》り子《こ》の母の才能を受け継いでいる。仕草一つ一つが少し大げさで分かりやすいのは、彼女の個性のようなものだった。こうした様子が、実年齢よりも若く見せているのだろう。天真爛漫《てんしんらんまん》でいつでもクルクルと表情を変えて反応する。

息子であるフィルズからしても、まあ可愛らしい人だなと感想が出て来るのが常だ。とはいえ、毎日不満をぶつけられると嫌にもなる。

「……母さん……毎朝起こしに来なくていいって」

「もうっ。フィル君には分からないの？　これは、母子《おやこ》の大事な朝の儀式なのよ？　グズグズしてお布団《ふとん》から出られない、起きられない息子をね？　優しく、優しく、叩き起こすのっ」

「……優しくの意味がどっか行ってる」

「え〜、なんで分かんないの〜？」

日頃から演じることを意識するクラルスが、こうしたわけの分からない遊び半分の態度で絡《から》んでくるのにはフィルズも慣れている。よって、矛先《ほこさき》を変えることも可能だ。

「分からん。分からんが……リュブラン達にもやるんじゃないのか？」

「はっ。そうだったわっ。カワイイ息子達を優しく叩き起こすのよっ」

この国の第三王子で従業員でもあるリュブランを起こしに、部屋を飛び出していくクラルスを見送り、フィルズは苦笑する。

「まったく、あんなんで、よくも何年も一人で閉じこもっていられたもんだな……」

クラルスは、この国の宰相《さいしょう》で公爵《こうしゃく》の位《くらい》を持つリゼンフィア・ラト・エントラールの第二夫人だ。現在は完全別居となっているが、夫婦関係は継続中。

この国には長く根深い問題がある。

それが、貴族の家族問題だ。一夫多妻が一般的で、それが問題をややこしくしていた。

第一夫人に迎えられる貴族の令嬢《れいじょう》達は、夫となる者に愛されていると盲目的《もうもくてき》に信じ、何をやっても許されると思っているところがある。よって、とても我《わ》が儘《まま》な令嬢気質のまま妻になり、母親になる。結果、夫となった者と彼女達の間には夢と現実ほどの隔《へだ》たりが出来ていた。

そんな中で、男達は本当に心から愛する者を第二、第三夫人として迎えるのだ。第一夫人が反発するのは目に見えているだろう。

夫と衝突するのならまだ良いが、大抵の場合、第一夫人の不満は第二夫人へと向かう。男達はそれを女の問題として見ない振りをしてしまうため、関係が泥沼化《どろぬまか》していく。

エントラール公爵家もこの例に漏れず、家庭は崩壊寸前だった。

第二夫人であるクラルスと共に、その息子であるフィルズは離れの屋敷で半《なか》ば閉じ込められるようにして育った。しかし、ここで誤算《ごさん》だったのは、クラルスが演じる者として、他者への共感力が高かったことだろう。第一夫人の孤独に共感し過ぎて、彼女は正気を失っていった。そうして一人、部屋に閉じこもってしまったクラルスを、フィルズはとある者の助言を受けたことをきっかけにして連れ出したのだ。今は公爵家を出て、新しくフィルズが建てた屋敷に一緒に住んでいる。

「神に感謝……するべきなんだろうな……」

フィルズが行動に移せたのは、幼い頃から前世の夢を見ていたことが大きいだろう。そこで違う人生を知ったからこそ、現在の自分の家がおかしいことに気付けたのだ。

地球で生きた前世を持つフィルズは、神々に気に入られて『神の愛《いと》し子《ご》』としてこの世界に転生したらしい。なんでも、前世の趣味であった物作りやパズルなどの細かく面倒なことも厭《いと》わずにやり続けられるその精神が、神々のお気に召したようだ。

今世では、その趣味を生かして魔導具《まどうぐ》などを作り、この世界を発展させ、改革して欲しいと言われている。それが全く嫌ではないので、目下《もっか》、様々な物を考案中である。

階下から賑《にぎ》やかな声が聞こえ始めた頃。一体の白い愛らしいクマが部屋に顔を出す。

《おめざめですか?》

パクパクと小さく動く口元。身長は大人の太ももくらいだろうか。それなりに大きな、二足歩行するクマだ。表情も豊かなソレは、ぬいぐるみで出来た魔導人形で、日々の会話や行動で成長し、思考能力を持つ。古代の賢者《けんじゃ》の作り上げた魔導具を元にフィルズが作り上げたものだ。

この屋敷では、何体ものこのクマ達が、各々《おのおの》決められた役目を持って活動中だ。この白いクマは屋敷を管理するリーダー的存在の一体だった。

「ああ。ホワイトおはよう」

《あいっ。おはようございますっ。リゼンフィアさまからでんごんです。『今度、馬車を買いたい』だそうです。『王だけずるい』と、すねてましたよ～》

「そんなこと、手紙で書けばいいだろうに、まったく……」

父親のリゼンフィアは、第一夫人を避けるために屋敷に寄り付かず、更には病気の者には近付いてはならないというこの世界の迷信のために、十年近く、クラルスとフィルズに全く顔を見せることがなかった。

第一夫人側の妨害《ぼうがい》もあり、フィルズが家を出ると決意したことも知らずにいたのだ。

クラルスの離婚届とフィルズの絶縁状が用意されていたと知った時のリゼンフィアの顔は見物だった、と兄のセルジュから聞いて笑ったものだ。

紆余曲折《うよきょくせつ》あり、リゼンフィアも家庭の問題に向き合うことになったのだが、同じような事情を抱えていたこの国の国王、ファスター王と共にフィルズや神に仕える神殿長《しんでんちょう》に諭《さと》され、解決策を現在も模索中《もさくちゅう》である。

《イヤフィスへのリゼンフィアさまのとうろくは、まだまだ、さきですものね？》

「課題がそう簡単に片付くとは思えんからな。数年は先だろ」

《あら～》

『イヤフィス』とは、前世で言うところの携帯電話《けいたいでんわ》のようなもの。今もフィルズの左耳に付けられている。あまり目立たないのは、耳に引っかけるイヤーカフのような耳飾りの形状だからだ。もちろん、凝《こ》り性《しょう》なフィルズによるデザインなので、それなりの見た目にはなっている。光を反射しないようにつや消しされ、蔦草《つたくさ》と花をあしらっていた。

これを付けたまま戦闘をする冒険者達がいることも想定して、耳たぶのところで固定される仕様になっており、骨伝導《こつでんどう》を利用し、動力は魔石《ませき》で補っている。操作用の端末は名刺《めいし》サイズのタブレットだ。

そして、通信相手とは直接会って、互いの魔力波動を登録しなくては繋《つな》がらない。

リゼンフィアとは、親子関係を改善するにあたって、手紙でやり取りするという言質《げんち》をとっていたこともあり、敢えてこのイヤフィスの登録をしなかったのだ。

ただし、イヤフィスと同じ機能を持つホワイトとは魔力波動を登録し合っていたので、こうして伝言がたまに来るというわけだ。

フィルズは部屋を出て、ホワイトを引き連れて一階にある食堂へ向かう。

「開店作業に問題は？」

《ないです。スープもさきほどできあがって、つみこみをはじめてます》

「パン屋は？」

《しょうひんのちんれつが、はんぶんほどおわったところです》

「ん。順調だな」

確認したのは、この屋敷の前に作られた商店街の開店準備の状況。

フィルズが母クラルスと共に家を出て立ち上げたのは『セイスフィア商会』。セイスフィアとは、古代語で『賢者の魂《たましい》』という意味だ。神の望みを叶えるためにも、ここから様々な物を発信していく。

「そんじゃあ、朝飯食って、母さん達には今日も張り切って働いてもらうかな」

フィルズが住む屋敷の一階は、従業員の寮《りょう》にもなっている。開店の早い店以外の従業員はこれから朝食だ。もう十分もすれば、食堂に集まってくるだろう。

そして、その後一時間ほどすれば、屋敷の前に作られた商店街、古代語で知識《ちしき》の路地《ろじ》という意味を持つ『セイルブロード』に多くの人が詰めかけてくるのだ。

開店時間は店舗《てんぽ》によって少し違う。

まず、朝の七時に一番手前のパン屋が開店。それと同時に、この公爵領都でも有名な食事処《しょくじどころ》であるタンラの店と提携《ていけい》したスープ屋台が、四つある外門の傍《そば》に向かう。

このスープ屋台では、蝶々型《ちょうちょうがた》のファルファッレとペンネの乾燥《かんそう》パスタを一緒に売っている。フィルズが作り出し、セイスフィア商会の目玉商品の一つであるスープジャーに、スープとパスタを入れて、冒険者達が出掛けていくのだ。

スープジャーは魔導具で、魔力によって数分で中に入れた物を温めることができる。一週間も実演販売をすれば、口コミで広がり、その美味しさと手軽さの説明をする必要はなくなった。

「マジでっ、これで美味《うま》い昼メシが食べれるんだぜ？　最高だろ！」

「スープ用のボトルを買う必要があるって聞いた時は、足下見やがってってキレかけたもんだが、これは必要だわ」

「本当よ。最初のセット金額聞いてびっくりしたけどね～。ほぼ毎日使うってこと考えたら、安いくらいよっ。それも魔導具だしっ」

このスープジャーに先駆《さきが》けて販売していた水筒《すいとう》を使っても良いが、飲み口の広さが違うため、食べにくいのだ。改めてこれを弁当用として売ることで受け入れられていった。

この世界では、硬いパンと煮込み料理が一般的な食事で、パスタは忘れられていた。現在、前世地球での知識を元にフィルズが作った柔らかいパンやこのパスタが、公爵領都では一大ブームとなっている。

「朝食にもいいのよね～。お鍋《なべ》持って出て行くのが、最初はちょっと恥ずかしかったけど」

「慣れるわよね。それに、毎日違うスープが食べられるのは嬉しいわっ」

「温め直せば、夜にも食べられるしねっ」

冒険者とは違い、一般の人達は一日に二食が普通だ。その二食さえ取れない時もあったが、今ではその心配はない。

スープは野菜がゴロゴロ入ったものも用意し、大きな業務用のオタマで一杯を大銅貨六枚。つまり六十円で提供している。その結果、量も質も満足できると、奥様方に人気になった。自分達で作るよりも美味しいし安いということで、彼女達がスープ屋台にお鍋を持って並ぶのも一般的になり始めている。

だが、それはこの公爵領都に限ってのこと。他領から来た者達には不思議な光景だろう。

「なんだ？　これは……スープ屋？　容器の貸し出しもあるなら……四人分もらってもいいだろうか？」

珍しさに惹《ひ》かれてやって来たのは、行商人《ぎょうしょうにん》の親子とその護衛二人である。

「はい。本日は、クルフのスープとゴロゴロ野菜のターネギスープがあります。クルフのスープはコクのある甘めのスープです。ターネギのスープは野菜の旨味が出ていますよ」

スープ屋台は、元冒険者が請《う》け負《お》っていた。顔見知りの場合は良いが、きちんと言葉遣いにも気を付けるように指導されている。そして、彼らはそれぞれのスープを必ず味見しているため、説明も分かりやすい。

「ほお……二杯ずつもらおう。そこで食べていけばいいのか？」

スープ屋台の傍には、休憩所スペースがある。これも、町への貢献《こうけん》としてフィルズが作らせた公共の場所だ。井戸代わりの水道、手洗い場も用意されており、何気に女性の冒険者達に人気だった。

因《ちな》みに、容器は別売または貸出。なので、前述の通り、家からお鍋を持参してもらうか、マイスープジャーを使うのが一般的だ。だが、休憩所が出来たことで、貸出で朝ごはんをここで済ませる者は多い。

「ええ。あそこは、町の共有の休憩所なので、好きにお使いいただけます。食べ終わりましたら、食器はこの横のボックスに入れてください。お待たせいたしました。スプーンもお使いください。熱いのでお気を付けて。トレーごとどうぞ」

「なるほど……ありがとう」

「あ、父さん、私が持ちます」

行商人風の男性の息子らしき青年がトレーを受け取る。父親と息子は護衛の二人の男性と共に、休憩所に入った。

「屋根もしっかりしていますね」

「ああ……公爵領の噂《うわさ》はあまり聞かなかったが、こんな所まで作るとは……」

親子は感心していた。どの領、どの国に行っても、町の人々のための共有の場所などそうそう作られてはいない。一番の理由は、管理できないからだ。

「あれですね。門の傍で、兵も近くにいますし、荒らす者もいなさそうです」

「さっき、住民の方《かた》に聞いたのですが、近所の家の者や、冒険者が自主的に掃除《そうじ》しているのだそうですよ」

「自主的に……」

領や国のものとなると、一般の者は手を出しにくくなるものだ。変に触って難癖《なんくせ》をつけられたら堪《たま》らない。だから、仕事として明確に経費を使って掃除や管理をする必要がある。これが原因で、公共の施設は領費の無駄になるとして、普及《ふきゅう》しないのだ。

一般的に公共の施設といえば、お金がかかり、その費用の分を稼《かせ》げる貴族向けの賭博場《とばくば》やサロンを指す。一領民が使えるような場所ではないのだ。

不思議そうにしている彼らの姿が目に入ったのだろう。水を汲《く》みに来ていた年配《ねんぱい》の女性が声をかける。

「旅の人かい？」

「ええ……あの……本当にここは、公共の場なのですか？」

「そうだよ。と言っても、この町のとある商会が造って、領に寄付《きふ》したんだけどね」

「商会が……領地に寄付……？　お金にもならないのに？」

「あっはっは。そうだねえ。ここは使うのにお金を取らないからね。確かに金にならない場所だよ。けど、ほら……」

突然、天井と壁に映像が流れ出した。

そして行商人の親子達は目を奪われる。美しい踊り子の女性が映《うつ》されたからだ。

「やった！　クーちゃんだ！」

「魔力計いっぱいだったもんなっ」

子ども達が中央にある石の台を囲んではしゃいでいた。しかし、父親はすぐに映像へと惹き込まれる。お手本のように美しく舞い出した女性。音楽も微《かす》かに聞こえてきた。そして、呆然と呟《つぶや》く。

「これ……『陽《ひ》と月の舞踏《ぶとう》』なんじゃ……」

水道を使いに来ていた年配の女性が笑う。

「よく知ってるねえ。そうさ。これは『陽と月の舞踏』だよ。難しいって有名なね。衣装《いしょう》もいいよねえ」

「え、ええ……なんと美しい……っ」

それは、父親にとって、今までの旅の間にたった一度だけ見たことがある思い出深い舞いだった。

「子ども達が触ってる石の台があるだろう？　そこに魔石があってね。魔力を溜めていくんだ。朝の七時から夜の八時まで、一時間に一度、魔力の溜まり具合によって違う映像が流れる魔導具なんだそうだよ」

「っ、そんな魔導具が⁉」

思わず大きな声を出してしまい、口を慌てて押さえる。

「驚くよねえ。お陰で、時間も分かるし、子ども達は面白がって魔力を流しに来るもんだから、いつの間にか魔力操作が上手くなっているんだってさ」

「……」

もう言葉もない。

しばらく舞いを見つめていたが、それが終わった。すると、映像の中の踊り子が笑顔で手を振る。

『みなさん、ごきげんよう』

「「「「ごきげんよう！」」」」

子ども達が釣られて挨拶をする。

『観《み》てくれてありがとう。さあ、今回紹介する商品はコレ！』

コレと手を向けた先には、魔獣のようなものがいた。行商人達が見たこともない、頭に小さな王《おう》冠《かん》を付けた淡《あわ》いピンクの毛の魔獣が、可愛らしくよいしょっと持ち上げたのは、液体の入った瓶《びん》。

「ローズちゃんカワイイ！」

「あの王冠の髪飾り、もうすぐ売り出すって聞いたよっ」

「本当⁉　アレカワイイよねっ」

近くで観ていた女性達が盛り上がる。

『これからの暑い季節に是非使って欲しい【冷却化粧水《れいきゃくけしょうすい》】です。こうして、布に数滴垂《た》らして、首元や腕など、体全体に汗を拭《ふ》く感覚でお使いいただくと……っ、す〜っとして涼《すず》しい上に、うっすらと爽《さわ》やかな森の香りを纏《まと》うことができますっ』

踊り子は腕に液体の付いた布を滑《すべ》らせて見せる。

『冒険者の方には嬉しい、虫除《むしょ》け成分を配合！　汗や日焼けで肌が荒れる季節。その悩みがこの一本で解決！　是非試してみて♪』

ここで魅力的なウインクを一つ。

「なにそれ！　ちょっ、すごい良くない⁉」

「絶対いいよ！　汗でベタベタしたままでいると、肌荒れるもんねっ」

「虫除けもとか最高じゃん！」

「お、俺らもいいかもな」

「暑くなるしなあ」

これを観るためだけにここにやって来る者もいるらしく、いつの間にか、多くの人が休憩所の中やその周りにいた。

映像の中では、ローズと呼ばれた魔獣が、立て札を持つ。そこには絵と数字が書かれている。

『今なら、セイスフィア商会特製タオルを一枚プレゼント！　ただし、お一人様一本まで。一日百本限定です！』

ローズの持つ立て札は、絵と数字だけでそれらを分かりやすく図解していた。

『売り場は、緑の屋根の【くすりやさん】で』

ローズが立て札を持ち替える。そこには、緑の屋根の家と『くすりやさん』の文字。

「ちょっ、今何時⁉」

「くすりやさんって、何時に開くんだっけ？」

「あっ、まだ二時間くらいあるよ。でも……並ぶよねっ」

「百なら、整理券配るもんね。行かなきゃ！」

「あ〜……こりゃ二日は無理だな。俺は三日後以降に行くわ」

「俺も。百とかすぐだよな……」

飛び出していく女性達。その近くで映像を観ていた男性達は日を改めるようだ。

『今日と明日限定で、お試し会もありますよ〜♪　是非、見に来てくださいね〜☆　クーとローズの、セイスフィア商会からのお知らせでした！　またね♪』

「「「「またね〜♪」」」」

踊り子とローズが手を振ると子ども達も手を振り返し、そうしているうちに映像は消えた。

「「「……え……？」」」

初見の商人親子と護衛達は、ただ呆然とするしかなかった。

「おやおや。スープ忘れてるよ」

先ほどの年配の女性が声をかけたが、その言葉も聞こえたか怪しい。

商人親子と護衛の二人の男達は、何も映らなくなった天井や壁を見つめながらしばらく身動きしなかった。

見かねた年配の女性が近付き、また声をかける。

「ちょいと。いくら冷めづらいカップだからって言っても、いい加減冷めるよ？」

「っ!!　はっ」

「大丈夫かい？」

「え、ええ……」

目が覚めたというように瞬《まばた》きを繰り返す男達。

「初めてだと驚くよねえ。商人さんなら、セイルブロードを見てみるといいよ。そのカップとかも売ってるから、旅にもいいしね」

「カップ……？　まさか、魔導具？」

「そうだよ。そこの魔石に魔力を少し込めるようにして触れてごらん」

言われた通り、カップの取っ手の上部にある赤い魔石に触れて、魔力を意識する。そうしてしばらくすると、スープから湯気が出て来た。

「っ、温まった……のか？」

「熱いから気を付けな」

「え……あ、ああ……っ！　熱いっ」

「だから熱いって言ったろ？　ふふっ。子どもじゃないんだから、ちゃんと聞きなよ」

女性は笑いながら、水道の方へ向かっていった。

それを何となく目で追っていた男達は、女性が慣れた様子で水場にあるレバーを下げ、その横にあるハンドルをクルクルと数回回す様子を、不思議そうに見つめた。女性は最後にレバーを上げ、蛇口《じゃぐち》を捻《ひね》る。すると、そこから水が出た。これを見て男達は目を丸くする。

「え……水が出た……？」

「あんな形の魔導具、初めて見ますよね？」

そこに子ども達が通りかかり、不思議そうな顔をする。

「おじさんたち、ここはじめて？」

「え、ああ……さっき着いたばかりだ」

「そっか。あのね、あれはうらの井戸につながってるから、『魔導具』じゃないんだよ？　同じ形でもとなりのは赤い石がついてるでしょう？　あっちが『魔導具』なの。あらいもの用とかは、井戸の水をつかうから」

水道の蛇口は全部で五つ。内三つは魔石が付いている。

「井戸の水が、あんなに簡単に？」

「うん。カラクリなんだって。あのハンドルを回すと水をくみ上げて、タンク？　に水をためるんだって。この町の井戸はほとんどアレだから、つかい方が分からなかったら近くの人に聞くといいよ。子どもでも知ってる」

「……それはすごい……あのハンドル？　は、水を汲み上げるなら、重たいのかな？」

商人の息子の青年が尋ねれば、子ども達は首を横に振った。

「わたしたちでもできるよ～」

「あそこに子ども用の台があるでしょ？　それにのってやるんだっ」

「子どもでも回せる……それが本当ならすごい……」

「ウソじゃないよ？」

子ども達がムッとする。それを見て慌てて青年は謝った。

「あっ、ごめん！　だって、普通の井戸なら、君達には難しいだろうから」

「前のはアブナイからって、母さんとじゃないとできなかったし、すごくおもかった」

「だよね……それができるって……すごいよ」

その言葉が心からの感心だと気付いた子ども達は、気を良くして、誇《ほこ》らしく告げた。

「でしょ！　フィル兄ちゃんはすごいんだ！」

「なんてったって、『大商会』をつくる人なんだから！」

「フィル兄ちゃん？　大商会って……商人なの？」

「そうだよ！　『セイスフィア商会』の会長さんなんだ！」

「セイスフィア……あっ、さっきのっ」

衝撃的過ぎて、逆に必死でキーワードとなる言葉は覚えたのだ。そこは、日頃から商機を逃さないようにと気を付けている商人としての習性だった。

「セイルブロードに行くとね、すっごくたのしいよ！」

「でも、今からだとまだお店が全部開いてないから、商人さんなら、まず商業ギルドへ行ってからじゃないかな」

「そうそうっ。あっ、今日の宿はまだ決まってない？」

「商人さん用のお宿に案内しようか？」

「商人用？　そんな宿があるのかい？」

そんな話は聞いたことがなかった。青年は、父親に確認するように目を向けたが、知らないと首を横に振られる。護衛達もそうだ。

「ギルドに行っても、そこをススメられるよ。あの『蛇口』とか、色んな『魔導具』の商品が使えるようになってる宿なんだって。ぼくらが案内しようか」

「おじさん達、それ食べるでしょ？　私たちもこれから食べるから、食べ終わったら一緒に行こうよ」

「あ、ああ……いいの？」

「うん！　あんないするとねっ、オヤドが『お駄賃《だちん》』くれるのっ」

「案内しますって、スープ屋のおじちゃんに報告しないといけないけどね」

「なるほど……規則もあるんだ……」

きちんと決まりもあるものだと知り、安心する。もちろん、この規則は子ども達の安全のためのものだった。

「うん。『主要な施設』へのあんないは、『冒険者ギルド』か『商業ギルド』でこのメダルを『発行』してもらえたら、おしごととしてできるんだ。十歳までだけど」

コレ、と言って少年が首から下げていた木の板を見せる。それは、六角形のメダルのような形をしている。そこには、冒険者ギルドのマークと商業ギルドのマークがそれぞれの面に彫《ほ》られていた。側面には、子どもの名が彫られているため、誰の物かすぐに分かる。

「このメダル、もって『魔力』をこめると、『防御《ぼうぎょ》』のまほうがつかえるんだよ！　ちゃんとおしごとできたら、十歳になってコレをかえすときに、『防御の指輪』か『防御の腕輪』がもらえるんだ！」

そこには、子ども達が遊びの一環《いっかん》として魔力を込めることで魔力操作が鍛《きた》えられ、十歳になる頃には、それらが自然にできるようになるという狙いがあった。

『防御の指輪』も『防御の腕輪』も一般に流通しているが、値段は高めだ。中堅《ちゅうけん》になる頃の冒険者がようやく余裕が出来て買うようなものだった。なぜなら魔力操作の技術もそれなりに必要になるからである。それが貰えるのだ。冒険者を目指すならば、これほど嬉しい贈り物はないだろう。

「すごい……」

青年が素直に感心する中、父親の方は冷静に子ども達の言葉を分析《ぶんせき》していた。

「もしや、それを考えたのも、セイスフィア商会の？」

「そうだよ！　フィル兄ちゃん！」

「なるほど……子ども達への投資《とうし》か……商人らしい上に……」

この町のことまで考えたやり方。それに気付いて、父親は『フィル兄ちゃん』に心から会ってみたいと思った。

「なら、食べ終わったら案内を頼めるかな。できれば……宿の後に、先に『くすりやさん』？だったか？　そこへの案内はできるだろうか？　あ……主要施設ではないか……」

そこは無理かと父親は考え込む。しかし、子ども達は笑顔で答えた。

「いいよ！　セイルブロードにあるお店だし！　お店の『紹介』もできるよ！」

「そうか。なら、頼んでいいかな」

「うん！　でも、あそこは『混む』から、お店の『案内役』は三人までなのっ。こっちできめておくねっ」

「よろしく頼む」

「「「「は～い」」」」

子ども達がスープ屋へ向かっていくのを見送っていると、その一人が振り返った。

「おじさんたち、またさめちゃうよ？」

「「「あ……」」」

再びスープを温めることになってしまった。

「賢《かしこ》い子ども達だな……」

「というか、驚き疲れました」

「俺は、この後の方が心配ですけど」

「俺もです」

「「「「……はあ……」」」」

そうして、ようやく口をつけたスープは今まで口にしてきたどのスープよりも美味しく、衝撃を受けた。

商人親子とその護衛の四人は二種類を分け合ってワイワイと話し合う。彼らにとって、今日は人生で最も衝撃的で疲れる日になるのだが、誰も忠告することはできなかった。


朝八時。セイルブロードでは、惣菜店《そうざいてん》が開店する。

農耕地《のうこうち》を持つ住民は朝の収穫などの畑仕事をこなし、そうでない者達は家のことを済ませたり、出勤したりする時間だ。

貴族ではない一般の人達の食事は一日二回。朝食兼昼食は十時頃から十二時まで、人によって取るタイミングが異なる。そして、夕食は六時から八時頃。これに合わせて惣菜店はゆっくりと開店し、閉店は八時になる。

「今日のおススメは、ホーレ草とベーコンの玉子和《あ》えです！」

「日替わり弁当も販売中です！」

ここでは、専用の器《うつわ》や弁当箱を買ってもらう。十回の回数券で分割払いも可能だ。住民ではない者は、三回払いまで可能だった。ルール違反は、戦闘もお手の物なクマが直々《じきじき》に出向いて注意するため、今のところ問題になっていない。

専用の器は、冷却のできる魔法陣を使った魔導具で、売る時に一日は効くように発動させた状態で渡すため、魔石や魔力の消費はない。食べる時は、サラダ系以外は、お鍋で少し温めて食べてもらうのをオススメしている。

「ホーレ草か……あんま好きじゃねえんだよな……」

ホーレ草は、ほうれん草だ。採れる時は一気に沢山《たくさん》採れるため、どうしても値段が安くなる。あまり売る方には得がない野菜だった。

買う方にしてみれば、安い野菜は有り難くもあるが、そればかりになって飽《あ》きる。よって、大人ほど嫌いな者は多かった。

「でもさあ、塩で食うしかないと思ってたんだけど、違うっぽくね？」

「あっちの玉子和えってやつ、何か色んな色で可愛い」

ホーレ草の玉子和えには、フワフワの玉子とピンクのベーコン、赤とオレンジ色のトマトが入っている。見た目がとても可愛らしい。

「あの赤いの、トマトだってさ」

「え？　トマト？　トマトが入ってるってことは、酸《す》っぱいのかな？」

ホーレ草に限らず、進んで野菜を食べたがる者はあまりいない。それもこれも、味付けの種類が塩ぐらいしかないからだ。よって、食べず嫌いが意外にも多い。

ただ、お金の関係で嫌々でも食べているらしい。後は、昔からの言い伝えだ。『野菜を食べないと病気になりやすい』という言葉を信じて、数日に一度は食べるように努力しているのだとか。農家では『野菜を作ることで、土が元気になる』、商家では『健康な客がいなければ商売は成り立たない』……ということで、野菜は低価格になっても売るべきだと言われている。

客達が苦手な野菜に戸惑《とまど》っているのは、いつも通り。この惣菜店では、人々の野菜嫌いを少しでも緩和《かんわ》するため、新しい味付けと料理法で提供しているのだ。

「あっ！　クーちゃんとリョク君だ！」

「ってことは……っ」

エプロン姿のクラルスと、コックの制服を着た淡い緑色のクマのリョクが、惣菜店の前のスペースにワゴンを引いてやって来る。そして、その後から、コックの制服を着た二人の青年が、小さな屋台を引いてやって来た。

この青年達は、この国の第三王子であるリュブランの騎士団の元メンバーだ。リュブランや彼らは、自身の母親が彼らの立場を利用して自分勝手をしたり、他の兄妹達を害そうとするなど、家庭や国に不和を起こすことに嫌気が差していた。

そこで、せめてもの贖罪《しょくざい》として、素行不良な貴族家の問題児達を密《ひそ》かに罰《ばっ》する騎士団を作り、国を放浪《ほうろう》することになった。そして、自分達をも処分しようとしていたところをフィルズに助けられ、紆余曲折あり、このセイスフィア商会で働くことになったのだ。

その青年達が前に出る。

「『やさいの庭』にご来店ありがとうございます。担当のジフスです」

「同じく担当のバラクです。ホーレ草の時期がやって来ました。本日は、ホーレ草の新しい料理をご紹介します」

このジフスとバラクは、料理に興味を持ち、この惣菜店『やさいの庭』の担当になった。リョクと共に、毎日店の商品を作っている。

店の店員は他の雇《やと》い入れた者がするため、彼らの仕事は、途中で品薄になった商品の補充と、新しい料理の研究である。

そして、今一番の仕事は、この場で数日おきに行われる実演販売だった。

クラルスは司会進行役と、最後の試食会での配膳《はいぜん》をする。

彼女が魔導具である四角いマイクを持って、ニッコリと笑ったら始まりだ。

『みなさん、ごきげんよう』

「「「「っ、ごきげんよう!!」」」」

これはもうクラルスが話す時のお決まりの挨拶だ。

『ただいまより、実演販売を行いま～す。本日のメニューは【ホーレ草とベーコンの玉子和え】になります！』

この間に、屋台の方で準備が始まる。その屋台には色んなアングルから撮れるように、いくつものカメラが仕掛けられている。それらの映像を屋敷の中で編集し、そのままスクリーンに映すことができた。

『では、中央スクリーンへ移動しま〜す。調理法の質問など、リョクくんが受け付けますので、是非興味のある方は移動してくださ〜い♪』

クラルスとリョクが、店の前に広がる中央のイートインスペースへ向かう。すると、料理に興味のある奥様達がゾロゾロとついて行く。

奥には、周囲より一段高くなっている舞台があった。そこにスクリーンもある。ここにあるそれは、液晶《えきしょう》画面なので晴れていてもよく見える。

舞台にクラルスが上がれば、スタートだ。

『それじゃあ、始めますよ〜。せ〜のっ。調理〜！』

「「「「『スタート!!』」」」」

もう一種のショーだなと、それらを屋敷の屋上から見ていたフィルズが笑っているのに気付く者はいない。

フィルズは、この町の住民達にすっかり受け入れられたセイルブロードを見下ろす。

そこに白いクマ、ホワイトがやって来た。

《ごしゅじんさま〜。スーからのれんらくです。モリのようすがおかしいとのこと》

「前のは予想より規模が小さかったからな……警戒しておいて正解だったか」

《はい。ケトルーアさまにもおつたえしてますっ》

「分かった」

エントラール公爵領の隣は、ウォールガン辺境伯領《へんきょうはくりょう》だ。その辺境伯領は隣国と接しており、丁度その境に位置するのが、一年ごとの周期で小さな氾濫《はんらん》を起こす『不可侵《ふかしん》の森』。

ひと月ほど前にも、小規模な魔物の暴走行動、所謂《いわゆる》氾濫があった。これは繁殖《はんしょく》による生存競争や、縄張《なわば》りの取り合いなどの関係で起こるため、長い間森を見守ってきた辺境では、既に発生時期の予想が立てやすくなっていた。

しかし、その予想が今回、少しばかりズレた。氾濫の規模も予想とは違いかなり小規模だったため、何かあるのではと警戒していたのだ。

《やっぱり『隣国』のえいきょうですか？》

ホワイトは、自分で考えて推察《すいさつ》することも覚え出していた。

「あの国が手を出していたら、前回の時にもっと大事《おおごと》になったはずだ。小規模にはならない気がする……」

《彼らが『頭が足りない奴ら』というのはほんとうで？》

隣国の国を挙げての間抜けぶりは、辺境では有名だ。

「国境を守っている将軍一人で保ってるようなものって聞いたな。指揮官《しきかん》はへっぽこで、兵士達はカカシだそうだ」

《……その『将軍』がスゴイのはわかりました！》

「十分だ」

実際、将軍を知るこちら側《カルヴィア国》の誰もが、その事実を認めている。

何の義理があるのか知らないが、なぜ将軍が一人で頭の足りない国のために戦っているのかは謎だ。

「一度会ってみたいな……」

是非とも話を聞いてみたいものだ。あわよくば、こちら側に引き込みたい。辺境伯夫妻も、フィルズと会った時はそんなことを毎回話していた。

フィルズは今一度、セイルブロードを見下ろす。そこで、子ども達に案内されて来た男達を確認した。歩き方や目の配り方を見て、フィルズは彼らが行商人だと判断する。

明らかに冒険者ではなく、貴族でもない。護衛らしき者がいることからも予想できる。

「ホワイト、留守中の取り引きはマニュアル通りに。コランは必ず同席させろ」

リュブランの騎士団の元メンバーであるコランには、取り引きの仕方などを教えている最中だ。彼がまだ十五歳と成人前の少年であることもあり、これまでフィルズが留守にする時は、商業ギルドから借りている人材に取り引きを任せていた。

しかし、もうそろそろコランを現場に出しても良い頃だ。同席することで気付くことも多いだろう。

「商品を見てもこちらを下に見る奴らなら丁重に門の外に放り出せ。第一印象が悪い商人は性根《しょうね》が腐《くさ》ってる証拠《しょうこ》だ。その判断はコランにしてもらえ。しばらく、お前達にはデータの収集が必要だろう」

《はい。しょうちしました♪》

コラン達は、王宮の黒い部分も見てきたため、人の顔色や声音で本心を探るのが上手い。正式な商会として存在しているのに、フィルズを子どもと見て、馬鹿げた取り引きを持ちかけて来る者もいる。

そのような商人達はきっちりブラックリストに載せ、お帰りいただいている。門の外への送迎は、クマ達や遊びに来ている騎士や冒険者がしていた。今のところ、二度目のチャンスは与えていない。既にセイスフィア商会は、大聖女の持つ大商会との取り引きをしているため、無理に他に取り引き先を持つ必要がないのだ。

更には、この国の王宮とも先日契約を結んだ。

大々的に発表はしていないが、『王宮御用達《ごようたし》』の看板を掲げても良い商会になっているのだ。

誠意を見せない商人とは最初から取り引きするつもりはなかった。

「リュブランやマグナも参加したいと言えば、してもらっていい。母さんには、後で連絡すると伝えてくれ。任せたぞ」

《おまかせください》

クラルスの楽しそうな声と、子どもや大人達の質問する声が聞こえてくる。

「あいつらも、連れてきてやらんとな……」

フィルズは森の洞窟《どうくつ》で丸まっているだろう三匹の守護獣達のことを思った。

「丁度良い。そろそろ実戦経験をさせるか」

幼い守護獣達も、三歳になる頃。本格的な狩りを始めるには十分な頃合いだった。

フィルズは屋敷を出ると、相棒であるバイコーンのビズを連れ出した。


馬具を纏った状態で外門に向かって町を歩くビズだが、横を歩くフィルズは手綱《たづな》を持ってはいない。それでも、ビズはきちんとフィルズの隣を同じ歩幅で歩く。彼女が賢い守護獣であるからだ。

守護獣とは、神の加護を得た魔獣の亜種《あしゅ》。土地を守って栄《さか》えさせるという守り神的な存在で、強さが抜きん出ていることもあり、王侯《おうこう》貴族が欲しがるものだった。

このビズは既に主人をフィルズと定めており、相互に助け合い、共存することを誓約《せいやく》しているため、攫《さら》われでもすれば思いっきり反撃するだろう。本来、誓約した主人と守護獣は離してはならないとされているのだ。普通、手を出すバカはいない。

冒険者達が駆け寄って来る。

「おはようございます！　ビズの姐《あね》さん！」

「また差し入れしますね！」

「今日も美しいです！」

人々の間でのビズの人気は高い。その強さを知って慕《した》っている冒険者達が、徐々に情報を広めているのもある。だが、誓約者が三級冒険者も目前のフィルズだ。貴族さえも手を出し渋《しぶ》るのに、一介の冒険者が手を出そうなどとは思うはずもなかった。

しかし、中には当然、そんな道理も何も理解せずに、舐めてかかってくる者もいる。例えば今傍にやって来た二人組の男がそうだ。

「どこに行くんで？」

「俺らと一緒にどうです？」

《ブルル……》

フィルズが手綱を持たないからというのもあるが、一見したところ主人に見えないらしい。だから外から来た冒険者の中には、少々フィルズを軽視する者がいる。この二人もそのくちだった。

「おい、お前ら。ビズが鬱陶《うっとう》しがってるだろ。下がれ」

「なんだと？　ガキがなっ」

《フン！》

ビズが鼻を鳴らすと、角が青く光った。

バチバチッ！


次の瞬間、青い電撃が男達の周りに走った。

「っ、にぃぃぃっ……っ！」

「うぎゃぁっ！」

フィルズをバカにした男と、ビズを手懐けようと近付いてきた男は、酷く感電《かんでん》して倒れた。気絶するギリギリをビズに見極められている。

「ほらみろ……」

《ブルルッ》

ビズは、おとといきやがれと言わんばかりに顔を振る。

「……あ……その……こいつらは、処分しときます！」

「クマ様に通報しておきます！」

「きちんと言い聞かせときますんで！」

フィルズよりも、守護獣であるビズに目を付けられる方が怖いのか、見ていた冒険者達は全員ビズに向かって説明していた。フィルズもそれで構わない。

《ブルル》

「よろしくってさ」

「はい!!」

見た目で判断すると必ず痛い目に遭うと、それなりに経験のある冒険者は分かっている。それらを教え込むのは同業者として当然のことだと思い、躾《しつけ》を引き受けてくれるようだ。

「このバカども！　ビズの姐さんをどうこうしようなんて、三百年は早いわ!!」

「ビリビリなご褒美《ほうび》をもらおうなんて思うんじゃねえぞ！」

「そうだそうだ！」

「おい……変な言い掛かり……いや、いい。頼んだ」

「「任せとけ！」」

電撃をご褒美と呼ぶのはどうかと思ったが、フィルズはそれ以上言及しない。多少行き過ぎてはいるものの、ビズのファンだという認識で良さそうだ。アイドル的存在に対してはお触り禁止がお約束だろう。

「か弱くて可愛く見えてもなあっ、フィルに勝てると思うなよ！　この領の騎士団長とギルド長のお墨付《すみつ》きだぞ！」

「いいかっ。いくら可愛くってもだぞ！」

「クーちゃんそっくりでも可愛いだけじゃないんだからな！」

さすがのフィルズもこれは聞き流せなかった。

「お前ら！　可愛い、可愛い言うな!!」

「「他に何て言えば……」」

本気で分からないという顔を向けられ、フィルズは唖然とした。

これに、冒険者達は手をポンと打つ。

「分かった！　将来きっと美人だぞと言うべきだったな！」

「そうだな！　きっと美人だ！」

「美女になるからって、舐めてかかるなよ！」

話がおかしな方向に向かっているのに気付き、フィルズは肩を落とした。

「……もういい。そいつら、次はないから」

これはこちらでしっかりと釘を刺しておくべきだと判断した。

フィルズは、ビシっと指をさす。

「お前らの顔覚えたからな！　精々、夜道に気を付けろよ！」

「「……うわ〜、そりゃないわ……」」

呆れられた。しかし、一人はきちんと察したらしい。

「フィル、言ってみたかっただけだろ」

「よく分かったな。けど、俺はこういう時に冗談は言わない」

「だな……」

「ふんっ。行こう、ビズ」

《ヒヒィン》

「分かった。乗ってく」

ビズとしても、フィルズが軽《かろ》んじられるのは許せるものではないらしい。乗っていれば主人に見えなかったなんてこともないだろう。

そうしてフィルズはビズに乗って外門へ向かった。

残された冒険者達は、痺《しび》れがようやく取れたらしい男達に同情の声をかけた。

「お前ら、本当に夜道に気を付けろよ……」

「夜はちゃんとした所で寝ろ。外ではダメだ。まったく、ちゃんと謝らないから……」

「クマさまも怖いけど、もっと怖いウサさまが来るんだろうな……これに懲りたら、しばらく大人しくしとけ。というか、今度フィルに会ったら真っ先に謝れ！」

「「……」」

全く意味が理解できない様子の男達。しかし、彼らはこの日の夜、知ることになる。冒険者達の言っていた『ウサさま』という恐ろしい存在がいることを。

喧嘩《けんか》を売ってはならなかったということを。そして、セイルブロードに入れなくなったことを。

翌日から、この男達はフィルズに謝ろうとずっとソワソワと町を歩き回ることになる。だが、残念ながら、フィルズは辺境に行き、数日帰って来ないとは、彼らは知る由《よし》もない。

彼らのお陰でこれ以降、非を認めて謝ることの大切さを町の子ども達が知ることになった。

門を出たフィルズは、ビズに乗って森の中に入って行く。

「ちゃんと伝えてなかったな。エン達を連れて、辺境に行くつもりなんだが、いいか？」

ビズには、出かけようと声をかけただけだった。周りに遊びに来た冒険者がいたので詳細を言わずにいたというのもある。だが、ビズは気にすることなくついて来てくれた。フィルズを信頼しているからこその行動だ。

エン達というのは、三つ子のフェンリルの亜種だ。ビズと同様に守護獣でもある。しかしまだ子どもで、守護獣としての自覚も足りていない。

ビズは辺境と聞いて察したらしい。

《ブルル……》

「ああ。氾濫が起きる。それも、かなり大きなやつが……」

《ヒヒィン》

それは楽しそうだとビズは笑った。少し戦闘狂《せんとうきょう》な面もあるが、場所や状況を考えてくれる冷静さも持っているので安心だ。逆に、暴れても問題ない場所や状況ならば、遠慮《えんりょ》なく大暴れする。

「やる気満々だな。あの森なら、多少力加減を間違っても大丈夫だろ？　エン達はまだ本気で力を使ったことがないみたいだからな」

《ブルルっ》

良い機会だと納得するビズ。

「心配はしないんだな」

「おっ、そこまでビズがあいつらを認めてるとは思わなかったよ。でもそうか……今までもあいつらを狩りに連れて行ったりしてたもんな」

《ブルル！》

《ブルル》

今までも、ビズはエン達の所へ行って、狩りを見せたり、獲物を追う方法や逃げる方法を教えたりしていたようなのだ。

守護獣は特別な存在ゆえに孤独になりやすい。亜種であることで、親からも違う存在として避けられてしまうのだ。エン達も親から捨てられた過去があった。

同じ生まれの理不尽《りふじん》を思い、ビズは彼らの親代わりになろうとしたのだろう。種族が違うなんてことは気にしない。純粋な子どもへの愛情を感じた。

独りで生きてきたビズだからこそ、あの三匹だけでも生きていけるようにと考え、生きる術《すべ》を教えていたのだろう。

「今回のことが終わったら、あいつらも町に連れて行くつもりだ」

《……ブルル》

それはまた周りが騒ぎそうだと、ビズはため息混じりで頷く。

「そうだなっ。きっと母さんとか大騒ぎするぞ」
《ブルル……》
連れて行ってもらえるエン達は喜ぶだろうな、とビズは少し苦笑気味に伝えてくる。これに、フィルズも苦笑した。
「ああ……はしゃぎ過ぎて暴走するのが目に浮かぶよ」
《ブルル》
そうだなとビズも頷いた。
「ビズは町に慣れたか？」
《っ……ブルル》
ビズはまあまあだと伝えてきた。少しばかり照れながらだ。多くの友好的な冒険者達との交流や、クラルスやフィルズの異母兄《いぼけい》であるセルジュ達、フィルズの家族との触れ合いは、ビズにとっても良い経験で、嬉しいものだったようだ。
《ブルルっ……ブルっ……》
ビズの傍に付けているクマのブルーナが、ビズの言いたいことや伝えたいことを、かなり正確に読み取って冒険者達に伝えるので、随分とお喋《しゃべ》りになった気がするとのことだ。
「いいと思うけどなあ。嫌じゃないんだろ？」
《……ブルル……》

「そんな不本意そうにするなよ。俺も……最近は少し前の……母さんと暮らすようになる前までより、お喋りになったよ。けど、悪くない。言いたいことを言えるって、結構大事だ」

生きるためにと、密かに屋敷を抜け出して冒険者をしていたフィルズ。その間、母クラルスは部屋に閉じこもり、何年も顔を見ることがなかった。夫婦の問題が根幹《こんかん》にあったのだ。子どもとしてそこに首を突っ込むことに躊躇《ちゅうちょ》していた。

前世の記憶がなければ、フィルズも離れに閉じ込められたまま、外に目を向けることもなかっただろう。だから、クラルスを連れ出したことも、家を出たことも良かったと思っている。

《……ブルル》

そうかもしれないと小さく同意したビズを撫で、フィルズは笑った。

「ビズも、俺にはちょっとぐらいワガママ言っていいんだからな？　これは、いい女の特権ってやつだ」

《っ……ブルルっ》

「ははっ。照れるなよ。お前は文句なしで強くて美人で、俺が知る最高のいい女だよ」

《ブルルっ……》

「もちろん。人の女よりもだ」

《ブルル……っ》

照れるビズ。ファンを自称する冒険者達に貢《みつ》がれるのにも慣れた様子だったが、直接的に褒められたりすると、まだ気恥ずかしいらしい。そういうところはとても可愛いとクラルスにも好評だ。
洞窟が近付いて来た。
「さてと……おっ、珍しいな。並んでお出迎えか」
《ブルル》
「ん？　そうか。そういうこともあるのか。ここからでも感じるんだな」
《ブルルっ》
どうやら、離れてはいても、エン達も辺境の異変に気付いているらしい。何より、フィルズとビズが来るのを察して待っていたようだ。フィルズは彼らとも誓約しているため、察しやすいのだろう。
三匹の毛玉にしか見えないフェンリルの子ども達は、フィルズが地に足を着けたのを確認した途端、待ってましたとばかりに飛び掛かる。
「うわっ」
《ワウンっ》
《クンっ》
《キュンっ》
「っ、ちょっ、一気に来るなっ」

受け止め切れず、フィルズは倒れそうになったが、すかさずビズが機転を利かせてフィルズの背を支えた。

《ヒヒィン！》

ビズがやめろと注意すると、フィルズに当たっただけで地面に着地することになった三匹は、項《うな》垂《だ》れる。

《っ、ワウゥ……》

《っ、クゥウン……》

《っ、キュン……》

三匹は身を縮めて伏せの姿勢でフィルズの足下に並んだ。

「はあ……ありがとな、ビズ」

《ブルル》

ビズの胴を撫でて礼を伝えたフィルズは、屈《かが》み込んで三匹に手を伸ばす。トントントンと頭を軽く叩いてやった。

「落ち着いたか？　まったく……はしゃぐのは仕方ないが、お前達を一気に抱えるのは無理だからな？」

《ワゥ……》

《クゥウン……》

《キュンっ》
ごめんなさいと伏せのまま少し頭を下げる。はっきりとした意思を持つからか、人にも理解しやすい行動をする。また少し、賢くなってもいるのだろう。
孤児の子ども達と同じだ。幼い頃から、甘えられる相手がいなかったために、考える力が早く身についてしまったようだ。
こうして独りで生きていくからこそ、守護獣達には人と同じように考える力が付くのかもしれない。
フィルズは三匹の前に立つと、両手を広げた。
「ほれ、一匹ずつならいい。誰からだ？」
《ワフワフっ》
《クンクンっ》
《キュンっ》
しばらく三匹で話し合うと、頷き合い、小豆色《あずきいろ》の末娘――ハナが数歩下がる。
そして、フィルズの腕に飛び込んだ。
《キュン、キュンっ》
「よしよし。ジャンプ力も加減も上手だ。えらいぞ」
《キュン！》

ハナが満足するまで撫でる。そして、もういいよと言うように頷くと、ハナはフィルズの腕から飛び降りる。
ハナが着地したと同時に、距離を取って次に跳んで来たのは灰色の次男坊——ギンだ。こちらもストンとフィルズの腕にハマり込む。
《クゥウンっ》
「おっ、今のも良かったぞ。ん～、前より少しだけ重くなったな」
《クウン？》
「ちゃんと食べてたってことだ。えらいぞ」
《クンっ！》
よしよしと撫でられて満足したギンは、くるりと体を後ろに回して飛び降りる。
次にエンだ。
《ワフっ》
「いつも最後まで待っててえらいな。お前は、頼りになるお兄ちゃんだ。けど、無理することないからな？　俺にはワガママ言ってもいい」
《ワフ……ワフっ》
薄茶色の長男——エンが甘えるのは、いつでも二匹の弟妹の後。自分が守らなくては、我慢しなければ、という意思がとても強い。三匹の中でのリーダーだからこそかもしれないが、それを自然に受け入れているところがある。

だが、彼らは三つ子だ。同じ時間を生きている。フィルズからすれば、エンへの負担が大きいように見えていた。

前世で感じていたらしい理不尽なことへの反発心。それを知っているため、エンが無理をしないように気を付けている。エンは甘えるのも下手なのだ。だから、よくよく言い聞かせる。

「俺の方が、お前よりも兄ちゃんなんだからな?」

《ワフっ、ワフワフっ》

それを聞いて、そうだったと気付く様子は、可愛いものだ。

エンがギンやハナよりいつも遅く眠って、早く起きているのも知っている。だから、甘やかせる時はなるべく甘やかす。

もちろん、ギンやハナが嫉妬《しっと》しないように、二匹が見ていない時にだ。

「よし。いい子だ」

《ワフっ!》

エンも満足して飛び降りると、フィルズは三匹に伝えた。

「さあ、今日から遠出をするぞ。狩りの練習に行く。出かけるから、皿とかおもちゃとかも持って行くぞっ」

《ワフ!》

《クン！》
弾丸《だんがん》のように洞窟へと駆け出していく三匹を見て、フィルズは目を丸くする。
《キュン！》
「アイツら……足速くない？」
《ブルル……》
鍛えたから当たり前だ、知らなかったのかとビズに呆れられた。
「すまん……あれなら確かに、問題ないわ」
《ブルル》
そうだろうと、ビズは得意げだった。

◆　◆　◆

辺境伯領主であるケトルーアは、いつものように冒険者の装《よそお》いで一人、町に出ていた。

灰色の髪に大きな体躯《たいく》。瞳の色が、右が黒、左が灰色というオッドアイ。額《ひたい》や眉《まゆ》の辺りに深い傷があり、凄みを聞かせている。だが、よく見れば整った顔立ちだと女性達には人気らしい。

話してみれば気さくで、人柄も良いため、この辺境に住む者の多くが彼を慕っていた。

背負って持つのは柄《つか》の部分が赤い二本の大剣。それだけでも、知り合いでなければ声をかけようとは思わない。

そんな男の肩には、この数ヶ月で見慣れた、灰色のクマが鎮座《ちんざ》していた。フィルズがケトルーアに送った、ホワイトと同様の魔導人形である。

《ふんふんふ〜ん》

「スー。さっきから機嫌《きげん》良くね？」

《あるじしゃまにもうすぐあえるんでスー》

「ん？　それって、フィル坊が来るってことか？」

《そうでスー♪》

「へえ。珍しいなあ。あいつが氾濫の時以外にわざわざ来るなんて」

こう言われて、スーと呼ばれたクマはフリフリと機嫌良く首を横に振り、足をぶらぶらしていたのを止めた。首をコテンと傾《かし》げながら、横にあるケトルーアの顔を見る。

《……？……『森の様子がおかしいです』と、あさのおふろのときにつたえたでスよ？》

「……マジ？」

《……マジでス……またきいてなかったでス？　だからもりにむかってるとおもったでスー》

「……マジか……」

《む〜》

「いや、マジすまん……っ。ってか、マズイじゃんかっ！」

《しらないでスー》

プイっと、拗《す》ねてそっぽを向くスー。
その時、森の方から大きな音が響《ひび》いた。土煙が上がっている。
《『変異種《へんいしゅ》ギガホーンボルアが爆走中。注意されたし』だそうでスー》
仲間のクマからの通信を受信したスーがそう言った。
「えっ、あの土煙のとこ？」
《カベがえぐれてるみたいでスー》
「やべえじゃん！」
《やべえでスー》
ケトルーアは完全に棒読みになっているスーに気付く。
「ちょっ、ごめんって。機嫌直してっ」
《イヤでス〜》
そっぽを向いたまま報告だけ寄越《よこ》すスーに謝りながら、ケトルーアは駆け出した。
スーは、座る姿勢から肩にぶら下がる体勢に素早く変えており、振り落とされることなくついていた。
《Cちてんのイルアより『ウルフ、トレント、トモリ、各種確認。上位種と変異種も多数確認した』だそうでスー》
また別のクマからの通信を報告するスー。森の中には現在、クマが二体偵察に出ている。ウルフは狼型《おおかみ》の魔獣。トレントは木の魔物。トモリは、トカゲのような魔物だ。
「C地点って、門から五キロ先っつってなかったか？」
《おぼえてたでス？　えらいでスーっ》
褒めるようによしよしと、スーが届く範囲にあるケトルーアの後頭部を撫でた。
「あ、マジ？　褒められんの嬉しいかも」
《スイルね～さまは、ほめないでスか？》
「……怒られる方が多いからな……」
《のみすぎたり、ひるまからバカさわぎするからでスよ！》
「しゃあねえじゃん……他にやることねえし」
《……スイルね～さまに『報告しました』》
「えっ、そ、それって……っ」
ケトルーアの走る速度がちょっと落ちた。表情が引《ひ》き攣《つ》っている。
《ほうこくしました》
もう一度念のためとスーは伝える。これに頷きながら、ケトルーアは眉を寄せた情けない顔になる。
「つ、伝えちゃった……？」
《つたえました。アルトより『今後は仕事を回すから心配するな』とスイルね～さまからのでんご

んでスー♪》

「嫌だぁぁあっ。机仕事は嫌だぁぁぁぁっ」

領城にいるクマを通した妻からの伝言に、ケトルーアは頭を抱えた。

彼はウォールガン辺境伯家の血を引いていない、婿《むこ》入《い》りの領主だった。これは女が家督《かとく》を継《つ》げないという習わしのためなのだが、冒険者だったケトルーアに机仕事ができるはずもない。実際には、直系である妻のスイルが領主としての仕事を請け負っている。

ケトルーアは、いわば名ばかりの領主ということだ。他の土地ならばバカにしたりする者もいるだろう。実際、王都では貴族達が陰口を叩く。だが、昔からこの土地では、女も男も実力が全て。平等に全ての権利を持つ。『やれる方がやる』というのが常識だ。

男の多くは、この地を守るために兵士となって門の外へ出て行くのが常だ。そうなると、女だからと守られ、待つだけでは生活は立ち行かない。だから、どちらかといえば女の方が強い。店でもなんでも、女が取り仕切ることの方が多かった。事実上の領主が女であっても構わない土地なのだ。

《スイルね〜さまが、そんなしごとまわすはずないでスよ》

「え、いや、だってさあ」

大男が情けない顔で泣き言を言うなと、スーがパシリと肩を叩く。

《しゃきっとするでスー。ほら、はしって》

「っ、おう、すまん」

このケトルーアとスーが良いコンビだというのは、既に定着した周りからの評価だった。

今も、異変に気付いて後ろから追ってきている冒険者達や兵達が、二人を微笑ましそうに見ている。そしてケトルーアの肩にいるスーが、彼の妻の元にいるもう一体のクマ——アルトとやり取りできることも知られているのだ。クマを通してまた言い合いでもしてるのかなと察しての微笑であった。

この辺境では、夫婦喧嘩や言い合いをするほど夫婦仲は深まると言われている。そのため、殴《なぐ》り合いの喧嘩をしていても、見物に回って手を叩くのが普通だ。

《むしろ『机仕事』なんてさせたら『余計に時間がかかる』ってわかってるでスよ》

「お、おう？　ん？　ま、まあ、そうだな」

《『適材適所』でスー。きっとすわるヒマもなくなるでスよ》

「……え？　そ、それはそれで厳し……」

《あっ『馬車馬のように働かせてやんぜ』って、わらってるみたいでスー。よかったでスね♪》

「……よ……っ、良かねぇぇぇぇ！」

ケトルーアは頭を抱えて叫びながら、外門へと向かった。

そんな彼の様子を見て、非常事態だというのに、周りの人々は『今日も領主夫婦は仲良しだな～』と笑っていた。

ミッション②　氾濫時でも慌てず対応

フィルズはエン、ギン、ハナを一緒にビズに乗せ、空から辺境へとやって来た。
《ワフワフっ！》
《クンクンっ！》
《キャンっ！》
「こら。はしゃぐな。落ちるぞ」
籠《かご》に入れて抱えているのだが、三匹はずっと籠のふちに前足を乗せて、外を見回し、興奮気味だった。こうしてビズに乗ることは初らしい。ビズが狩りを教える時も、移動時に乗せてはいなかった。その上、空を飛んでいるのだ。興奮するのは当たり前かもしれない。
ハナが大興奮で伝えて来る。
《キュンキュンっ、キュン！》
「ん？　飛びたい？　ビズみたいに？　ビズのって、固有魔法じゃなかったか？」

《……ヒヒィン》
「多分か……いや……魔法だしな……できないことはない……のか？」
《キュンっ》
やりたいと円《つぶ》らな目を輝かせるハナ。それを聞いて、エンとギンも静かに期待する目を向ける。
「……ちょっと考えてみるよ……」
《キュン、キャンっ》
やったと喜ぶハナ。そして、兄であるエンやギンと一緒に飛ぼうねと話していた。ものすごく期待しているようだ。
「……ハナの結界の再現はできたし……アクラスに相談してみるか……」
愛し子であるフィルズは、神と直接会って話をすることができる。魔法を司《つかさど》る神、アクラスとまた研究してみるのも悪くないと頷く。そして、改めてビズの光る翼《つばさ》を見る。
「……ビズ、後で触ってみてもいいか？」
《ヒヒィン》
「おう。悪いな」
《ブルルっ》
ハナ達のためだし問題ないとビズは笑った。
「さてと……土煙も見えるが……始まったわけではなさそうだな」

氾濫は突然始まるが、それなりに予兆《よちょう》や段階はある。

森の奥にいるような凶暴な魔獣や魔物が出て来るまでには、まだ少し時間があるはずだ。強いからこそ、小さなものが動いても簡単には動じない。

特にこの森の奥に棲む魔獣達は賢く、氾濫となって出て来るのはごく僅《わず》かだ。

氾濫は魔獣や魔物の暴走だ。混乱し、何かに急《せ》かされるように常の生息範囲から逸脱《いつだつ》してしまう。

そして、普段は出会わないようにしている人間や天敵《てんてき》となるものとも出会《でくわ》し、更に混乱して安全な所を目指そうと、強力な魔獣達のいる森の奥とは反対方向に駆け出す。

すなわち、森の外へだ。

向かう途中で同じように駆ける者達と出会い、この流れに乗っていけば大丈夫だと数の多さに安心感を得て、群《む》れとなって森から溢れ出すというわけだ。

氾濫の原因は様々ある。魔獣の数が増え過ぎたことによる不安からくるものや、強大過ぎる気配が動くことで起きる場合もあった。

「前回のは、繁殖期の氾濫にしては小規模で中途半端《ちゅうとはんぱ》だったからな……おかしいと思っていたが……」

《……ブルル……》

ビズは同意しながらも、森の奥へ鋭い視線を向ける。森が終わり、その先にある高い山を見つめた。その山には、ドラゴンが棲《す》むと言われている。古くからの言い伝えだ。本当にその姿を確認したという話は、ここ数百年出ていない。

《……ブルルっ》

「ん？　本当にドラゴンがいるのか？」

《ブルル……？》

「何がだ？」

《ブルル……》

同じ気配を感じないのかとビズは不思議そうだ。今まで、フィルズと共感できなかったことはなかった。だから、少しビズも戸惑っている。それを感じたフィルズも動揺《どうよう》した。

そこに突然、陽《よう》の神トランと月の神ユランが空中に現れる。それも、フィルズの両サイドにだ。

「っ、トラン、ユラン？　今日はどうした？」

問い掛ければ、それぞれフィルズの体に片手を置いて、フワフワと浮きながら斜め前に移動する。

そして、フィルズの目を見て二人は同時に告げた。

「「共感する」」

「ん？」

「「できる」」

「……」

「「……」」

しばらく見つめ合う。読み取れるのは、真剣な思い。それだけだ。何をどうして欲しいのかが、全く分からない。思わずいつも通訳をしてくれる神殿長を思い浮かべてしまう。

その思考を振り払い、改めて声をかけた。何事も諦めてはいけない。

「……何をどうしろと？」

「「……ん……」」

「……」

トランとユランは考え込み、二人で顔を見合わせたりして頷き合う。何やら決まったらしい。

「まず、繋がりを感じる」

「繋がりが感じられるはず」

「……繋がり……ビズとのか？」

「「そう」」

ビズとの繋がり。それがあると知っていながらも、意識したことはなかったと気付いた。

思えば、ビズはフィルズが人気《ひとけ》のない所に来ると、いつでもどこからともなく現れた。それは繋がりを感じていたからだろう。

近くにいれば、フィルズは自然にビズの意思を感じ取り、話ができた。これも繋がりの力だ。フィルズがそう意識していなかっただけ。だから、それを意識すれば理解できた。

「っ……ッ!?」

ぐらりと視界が揺れて慌てる。急激に感覚を寄せ過ぎたようだ。

トランとユランが注意する。

「『引いて！』」

「ッ……っ……」

焦《あせ》って今度は一気にその掴んだ感覚を切ってしまった。息を整え、今度はゆっくりと息を吐きながら近付けていく。

「……これくらい……っ、か？　っ、なんだ……っ、この気配……っ」

《ブルル……》

「ああ……分かる」

とてつもなく大きな気配が、確かに拍動するかのように、強くなったり弱くなったりして感じられる。

「……これは……苛立《いらだ》ち……怒り……か……？」

《……ブルル……》

必死にその怒りを収めようとしているような、不安定さを感じた。ビズも同じようだった。

「……これが……ドラゴン……っ」

不思議な感覚だった。こんなにもはっきりと分かる気配に、今まで全く気付かなかった。

フィルズは、突然視界が開けたような、酷く暗い所から出て唐突に光を感じるような感覚の違いを覚えたのだ。
「……ビズは、前にもこれを感じたのか？」
ビズと氾濫の対応の応援のために辺境に来たのは、これで三度目だ。今までもその存在を感じていたのかと確認する。
《ブルル》
「そうか……」
《ブルル……》
感じていたのに教えなくて悪かったとビズが謝る。これにフィルズは慌てた。
「っ、いや。ビズが無害だと判断していたんだろ？　ならいいさ。それに……わざわざこっちから刺激《しげき》することもない」
相手に気付かれている、という感覚を察知できる者がいる。その感覚は、魔獣や魔物の方が鋭い。それは、今ビズの感覚を共有したことで確信した。ドラゴンは、ビズに気付いている。
「……警戒されてはいないんだな」
《ブルル……》
「他に気になってることがあるってことか」
《ブルルっ》
ドラゴンの様子から、ビズに敵対心がないことは分かっているらしく、気にしないようにしているのが察せられた。

強者は、相手を狩ろうと思えば狩れるが、必要のない時に進んで動くことはしない。向かってくるならば相手をするが、そうでなければ、獲物を選ぶ権利は強者の方にあるのだ。

ドラゴンは間違いなく強者。けれど狩る気はないらしい。それがビズには分かったようだ。

「……ビズの感覚ってのはすごいんだな……」

《ブルル……っ》

これくらい普通だとビズは照れた。

魔獣の感覚が優《すぐ》れているのは、ビズと共感することで分かった。視線を下げると、エン達も山の方を真剣に見つめていた。彼らもドラゴンの気配を感じているのだろう。

一方トランとユランはふわふわと浮いたまま、ビズとその場で滞空《たいくう》していた。

「トラン、ユラン。まだ何かあるのか？」

「「……ん……」」

トランとユランは、エン達のように真剣な顔でドラゴンがいるであろう山を見つめていた。その表情はどこか苦しそうだ。そしてふと目を伏せると、再びフィルズの方へ目を向けた。

「「役目を終えさせてあげて」」

「……それは、俺に役目を代われってことか……それとも……」

「「……」」

答えをくれたのは、フィルズの真上に現れた命の女神リューラだった。

「それとものの方よ」

「リューラ……」

いいや、それとももとは、最期を看取《みと》れという意味だ。


この世界には三体の古い特別なドラゴンが存在する。

大陸を創り出すために、神が最初に創ったのがこの三体の神霊獣《しんれいじゅう》であるドラゴンだった。

リューラはそのドラゴンがいるであろう山の方を見て口を開く。

「神霊獣の三体のうち、二体の子は人に愛想《あいそ》を尽かせてしまってね……人の寄り付かない場所に大陸を創って閉《と》じこもってしまったのだけれど、ここの子は……かつてここに住み着いた賢者の子と気が合って、この大陸に残ったのよ」

人はすぐに争う。そして、ドラゴンが棲む場所には鉱床《こうしょう》が出来ると言われている。そのため、その鉱床を求めて、人々が棲処を荒らすようになった。

それに嫌気が差すのは当然のこと。二体のドラゴンは大陸を去り、人々の記憶から完全に消えることを望んだ。元々、神々も大陸を創るために彼らを創り出したため、役目を終えたなら好きにすればいいと伝えていたという。

「神霊獣は生物というより、精霊寄りなの。精霊っていうのは肉体を持たず、生まれては消えてを繰り返す……賢者達は何て言っていたかしら……確か……自然エネルギー？　目に見えない力というのかしら。そういうものね」

「精霊……」

この世界に精霊がいるというのは、フィルズの知識にはない。だから首を傾げた。

リューラはそれを察したのだろう。首を横に振った。

「精霊は人には感知できないの。感知できる仕組みがあれば、人にも魔法の適性なんてものがあったでしょうね」

「ん？　ああ、もしかして、火属性とか水属性とか、一つの属性への指向性《しこうせい》のある魔力になったってことか？　確かに、この世界だと魔力の属性というか、指向性を持たせるのに魔導具が必須だよな」

魔導具があって初めて、魔力で水を出したり、火を点《つ》けたりすることができる。魔力だけでは特に何もすることができないのがこの世界の常識だ。

「ええ。ほら、属性によって優劣《ゆうれつ》がついたりして、人の価値を勝手に決め付けそうでしょう？　そういう世界もあるから、あえてこの世界はそれを人に適応できないようにしたの」

「なるほど」

例えば、火属性だから強くて偉いとか、光属性は貴重だとか、闇《やみ》属性は印象が悪いとか。そんなことで人々が互いに優劣をつけ合って争い事の火種になったという世界があるため、あえて無くしたのだという。

人には最初から特定の属性への適性を持たせるのではなく、きちんと理解することで、その属性に魔力を変化させられる、という風にした。つまり様々な可能性を示したのだ。

とはいえ、魔法技術の衰退《すいたい》により、属性変換まで自分の力のみでできる者は、今では少なくなってしまっている。魔導具がなければ魔法を行使することはできない。

「ん？　待てよ。あくまで人に適応しないようにしただけで、属性を持つ魔力？　エネルギー？は存在してるんだな？　石とかにはそれが籠ってるもんな？　あと、魔獣とか」

鉱山などから湧《わ》き出《で》る魔石《ませき》には、その土地にある力が込められている。そして、魔獣は属性を持った魔力を出すため、体内で生成される魔石にもその力が宿っていたりする。

「ええ。存在はしているわ」

「精霊の場合は自然エネルギー……なら、その精霊寄りのドラゴンをなんで看取れって……エネルギーなんだろ？　実体が滅《ほろ》びるのは分かるが、消滅するのか？」

フィルズの前世のファンタジー作品の記憶と兼ね合わせて考えてみると、そのドラゴン、神霊獣の存在の位置づけとしては精霊王のようなものではないかと思ったのだ。それが消滅するなんてこと、良いことのはずがない。人が感知できなくても、存在するものならば尚更だ。

「神霊獣は、自分達で生まれ変わることができるの。それも記憶をきちんと保持したまま」

「……生まれ変わるって……ああ。肉体があるからか」

「そうよ。神霊獣には肉体がある。それは当然、衰《おとろ》えるわ。だからその肉体を一新するの。今、あの子はその時を迎えようとしているわ」

肉体が死して、また新たな命として生まれる。その時なのだという。

「あと、賢者の子が、あの子が暮らしやすいように……感知されず、静かに眠って暮らせるように、結界を張っていたんだけど、それも綻《ほころ》びてきたようね……そこから、誰かが侵入したみたい」

「……あんな森の奥に？　そんな命知らずなバカ、いるわけが……」

「「……」」

トランとユランが意味深に視線を寄越《よこ》し、その視線を森の反対側、隣国の砦《とりで》の方へ向けた。

「……まさか……っ……」

「ん」

「おバカ」

「そのまさかみたいね……全滅してるけど」

トラン、ユランに同意してリューラも呆れていた。

「……ほんと、ロクなことしねえっ……」

《ブルル……》

原因は間違いなく隣国の愚《おろ》か者達だった。

リューラ達、神々までもが呆れる隣国の所業。リューラは大きくため息を吐いて額に手を当てる。

「やってしまったのは仕方ないわ……それでね？　あの子は、かつての賢者の研究書とか、鉱石とかをあそこで守ってるのよ。それらを回収すれば、あの子も自由になれるわ。だから、解放してあげて」

「分かった……けど、まずは氾濫を収めてからだな」

「はあ……そうね……こんなことなら、もっと早くここの回収だけはお願いするんだったわ……」

魔獣達が感じてしまったドラゴンの威圧《いあつ》や感情。それに触発《しょくはつ》されて、氾濫が起きようとしている。それも特大のが。

当然だろう。魔獣達の頂点に立てる力を持った者の力を感じてしまった。ちょっとやそっとでは動じないはずの大型の魔獣達も出て来ることになるだろう。

「様子を見て、行けそうなら早めに行くよ」

「お願いね」

「「お願い」」

「おう」

トラン、ユラン、リューラが姿を消した。

「ビズ。降りるぞ。他の冒険者達と合流する」

《ヒヒィイン！》

《ワフワフっ！》

《クンクン！》
《キュン！》
エン達も興奮気味に返事をした。それに笑いながら、フィルズはケトルーア達が集まっている外門傍の広場に向かった。

ビズと辺境に来るのは三度目だ。この地に留まる冒険者は多く、ほとんどの者がビズとフィルズを既に知っていた。そして大抵《たいてい》、真っ先に声をかけてくるのがケトルーアなので、悪さをしようとしてフィルズ達に近付いて来る者はいなかった。

今回も、いち早くケトルーアが気付いて駆け付けてきた。

「フィル！　ビズ嬢ちゃん！　よく来たな！」

《あるじさま〜》

ケトルーアの肩で、見慣れたクマが手を振っていた。周りもこの光景には慣れたようで、二度見する者もいない。寧《むし》ろ微笑ましそうに見ている。

「ケト兄《にい》、スー……仲良くやってるみたいだな……」

公爵領都でも、騎士達や強面《こわもて》の冒険者達がクマを肩や頭に乗せて歩いているのが普通になったため、違和感はないのだが、何だか気が抜ける。

「上から見てきたんだろ？　見た感じの状況を教えてくれや」

「分かった……あ、そうだ。コイツらを紹介しとく。エン、ギン、ハナ。降りていいぞ」
《ワフッ！》
《クゥンっ》
《キャン、キュン！》
ビズの背から飛び降りてくる三匹。これくらいの高さは平気なのだ。本来、木登りができない狼系の魔獣だというのに、彼らは普通に登れるのを、フィルズは少し前に知った。
今までも、木に登ってビズの背に飛び乗ったりしていたらしく、いつの間にかできるようになっていたのだ。よって、飛び降りられる高さもかなりのものだった。
「うおっ」
「ちょっ、なに？　か、可愛い!!」
「なんだよ、このコロコロっ」
「え？　こんな魔獣いる？」
冒険者や兵士達が、その可愛らしさに悶《もだ》えている。強面の男達や、いつもは寡黙《かもく》で表情があまり出ない男達もデレデレだ。
「フェンリルの亜種だ。こいつが長男のエン」
《ワフ！》
「次男のギン」

《クン！》

「末っ子の妹でハナだ」

《キャン！》

「「「「かわい〜い!!」」」」

賢くきちんと返事をしたエン達。周囲の受け入れは好意的で、問題なさそうだ。

心配したのはケトルーアだ。

「フェンリル？　おい……こいつら守護獣だろ。この辺に変な奴はいねえと思うが……大丈夫なのか？」

守護獣は捕まえられたなら、確実に貴族に高額で売れる。そんな守護獣の、それも子どもを、こんな大勢の前に出すのは良くないと心配してくれたのだ。

だが、仮に守護獣を捕らえるにしても、それは並大抵のことではない。

「エン達なら、人相手に負けねえよ。逃げ足も速いし、固有魔法も強力だ」

フィルズも、実戦こそさせていなくても、遊びの延長としてエン達に魔法の訓練はさせていた。

その威力は相当なものだ。制御させるためにも訓練は必要だった。

エンは森を焼き払う可能性があったし、ギンはあらゆるものを凍らせ、ハナは自分の周りに展開した結界を解けなくなって泣いたこともあった。本来ならば、時間をかけて自分達で失敗しながらも調整して理解していくのだろうが、エン達の力は少々強過ぎたのだ。

早くにビズが気付いたから良かったものの……知らなければ、彼らの棲んでいた一帯だけでなく、広い範囲で異変が起こっていたはずだ。

恐らく一匹だけだったら、子どもであってももう少し慎重に動いただろう。だが彼らは三匹で、それも三つ子のため、余裕があった。お互いで助け合えば何とかなると、早い内から知ってしまったのだ。よって、思いつき任せの唐突な行動が多くなったというわけだ。

もちろん、お互いに助け合うことが悪いことだとは思わない。寧ろ、生かしていくべき長所だろう。

「それに、俺の作った魔導具も着けてる。何か異変があれば気付くよ」

「……ならいいが……」

他の人には話してはいないが、エン達は互いに離れていても会話ができるらしいのだ。よって、一匹に何かあれば、他の二匹が気付く。

因みに、この三つ子ネットワークを知ったことで、フィルズはクマ達を作ろうと思い立ったのだ。

「ロクに実戦をさせてなかったんだ。今回は多少ハメを外して暴れてもいい場所だし、『初めての本格的な狩り体験』をさせてやりたくて」

「……あの森で……初めての……」

さすがに酷《こく》だろうとエン達を見下ろすケトルーア。同じように冒険者や兵士達も心配そうに彼らを見つめる。明らかに他の森よりも凶暴な魔獣や大型の魔物がいるのだ。この小さく可愛い守護獣達が相手にできるのかと不安げだ。
だが、フィルズは全く心配していない。ビズも力を認めているのだ。そこは信用している。ただ、違う意味での心配はあった。
「森を焼き払わんように気を付けような」
フィルズはエン達に目を向ける。円らな瞳をキラキラさせながら、キリリとしたお座り姿勢をして、エンが返事をした。
《ワフ！》
「エンは本当に賢いな。加減を覚えような。ギンやハナが手助けできるとはいえ、その限界を見極めるのは大事だ」
《ワフッ》
頑張る、とのいい答えが返ってきた。そして、ギンとハナはそんなエンに向かって、頑張るねとの意思表示をする。
《クンッ》
《キュン！》
《ワフワフっ》
三匹は仲良く触れ合い、信頼を確かめ合っていた。
それがまた可愛くて、周りはデレデレとだらしない顔になる。

だがケトルーアだけは冷静だった。

「ッ、はっ。見た目に騙《だま》されるところだったたっ……森の方が危ないとか……とんでもねえな……」

「頼りになる助《すけ》っ人《と》だろ？」

「焼き払うのは勘弁な？　いいな？　いいよな!?　保護者っ！」

「はいはい。ほれ、状況説明するぞ～」

「おい！　フィル！　マジで頼むからな！」

「人的被害だけは出さないから大丈夫だって……多分」

「フィル!!」

せめて人が巻き込まれないように気を付けようと決めたフィルズだった。


この辺境では、氾濫時の対応専用のパーティ編成がある。まず、冒険者達はフィルズのように一人で行動するソロの者と、二人から六人のパーティで組む者がいる。

そのパーティを複数組み合わせ、三十人ほどのグループを作る。そのリーダーを冒険者ギルドと領主とで選出しており、話し合いはそのリーダー達を招集《しょうしゅう》して行われる。

現在の人数は、八人。状況を見て、あと数人は増えるだろう。今回は特に大きな氾濫になるのだから。

そこに、フィルズも呼ばれた。上級に該当する四級の冒険者になったため、リーダー候補になったというのもあるし、何より、ビズという特別な相棒を持つのがその理由だった。

空を飛べる魔法はない。そして、人を乗せて空を飛べる守護獣も他にはいない。よって、唯一空から様子を確認できるフィルズの存在は貴重だった。

「それで？　どんな具合だ？」

椅子に座ってフィルズをまっすぐ射抜くように見つめたケトルーア。彼が当然、全ての指揮を執《と》る。

他のリーダー達は机を囲んで立っている。

この場所は、氾濫時や隣国との諍《いさか》いの折に使う外門傍の会議室だった。

目の前にある大きな机に、フィルズはまず、Ｂ１サイズの森の地図を取り出して広げた。

「っ、は？　何だこれ……」

この世界に正確な地図というのは、ほとんど存在しない。地図は作る人によって尺度《しゃくど》も違うし、目印だけを書いたものが大半だ。どちらかといえば、絵に近くなる。それも子どもの絵レベルだ。地形の高低差も示した地図となると、賢者達がいた頃でさえそれほど出回らなかったという。そこまで網羅《もうら》された今回のこの地図は、誰もが驚くに値《あたい》するものだった。

そもそも、これが何なのか分からない者も多い。当然、読み方も分からないだろう。

因みにこれは、技巧《ぎこう》の女神ファサラと知恵《ちえ》の女神キュラスが教えてくれた。建物の設計図と一緒に、これも作れるようになれと言われたためだ。フィルズとしては、新しいことを知れたことと、凝れば凝っただけ良いものができるというのにハマったので、習得の過程には楽しさしかなかった。

「ここに来るようになって、ちょこちょこ計測してたんだ。ようやく見られるものになった」

半端な状態では見せたくないという思いは、拘《こだわ》るからこそ強かった。スーとは別に、森を見回るクマやウサギ達にもデータ収集を手伝ってもらい、ようやく納得できるものが完成したのだ。

「……地図……だよな？」

「ああ。後、主立った魔獣の縄張りや分布図がコレだ」

書き込んで使うにはもったいないので、変動があるそれらの情報を書いたものは別に用意した。そちらの方はビニールのようなシートで、それを地図の上に重ねる。凝り性のフィルズらしい成果物だった。

このビニールのようなシートは、植物から採れる液体を熱して乾燥させたものだ。害のないものなので、色々なことに使えそうだ。これに特殊な蜘蛛《くも》の魔物の糸を混ぜると、ビニールハウスにも使えるしっかりした素材が出来るので、ハウス栽培《さいばい》は今後の予定に入っている。

「でだ。この山の手前から魔獣や魔物が今回は全部出て来る」

「は？　いやいや、そんなこと……」

ケトルーアはあり得ないと首を横に振る。ここ数百年、その記録はない。出て来ても、森の半分までだ。だが、今回は確実だった。

「そもそもの原因は、隣のバカ共だ」

「……何しやがった？」

目を鋭く細めるケトルーア。他のリーダー達も不機嫌そうに眉を寄せている。それだけ、隣の国の者達は、迷惑をかけているのだ。

「探索《たんさく》だ。ドラゴンがいるってのを確認したかったんだろ」

「……ドラ……っ、ドラゴン⁉」

何の話だと、ケトルーアは他のリーダー達へ目を向ける。だが、首を傾げる者が大半だ。それに関する言い伝えすらも、上手く伝わっていないのかもしれない。

一人が発言のために手を挙げる。

「聞いたことがある。あの山には、その昔、賢者と誓約《せいやく》したドラゴンが棲んでいると……賢者以外には心を開かないから、絶対に近付くなと言われていたはずだ」

「……マジか……ドラゴン……伝説だろ……」

その姿を見た者は、当然、この数百年いないのだ。伝説となっていても不思議ではない。この辺境の領主となったケトルーアも本気にはしていなかった。

ドラゴンは、この世界には三体しか存在しないのだ。うち二体はこの大陸にはいない。唯一の一体は、山の奥。それも賢者の張った結界の中だったのだ。傍にあるこの町でも噂を聞いたことがある者は少なく、幻《まぼろし》の存在だった。

「間違いない。ビズも気配を感じている。そんで……どうやら、棲処に侵入されたのが、相当お気に召《め》さなかったらしい」

フィルズは魔獣達を相手に少し暴れたら、先にドラゴンの元へ向かおうと思っていた。

「どのみち、そのドラゴンの機嫌を取らないと、魔獣達は恐慌《きょうこう》状態のままだ。森から逃げようとして、氾濫になる。だから……ビズと俺が顔を見てくる」

「っ、そんな危ねえことっ」

ケトルーアが椅子を倒す勢いで立ち上がる。彼はフィルズを息子のように可愛がっているのだ。冒険者の先輩としても気にかけていた。

しかし、心配されるのはフィルズも予想していたので、落ち着けと手で制して続けた。

「まあ聞いてくれ。守護獣であるビズの相棒は俺だ。守護獣の誓約者というだけで、かなり信用度は高くなるはずだ。ドラゴンは神の使いとも言われているらしいし、守護獣に近い存在のはずだ。危害を加えられる可能性は低い」

「……っ、だが……それは可能性の話だろ……」

納得はできないようだ。ならばと、フィルズはテーブルの上で地図を見つめるスーに目を向ける。

「なら、先にクマとウサギを偵察《ていさつ》に向かわせる。スー達に使われているのは、かつての賢者達の技術に近いものだ。教会でもその事実は認められている。それはドラゴンにも分かるはずだ。その様子をクマとウサギに直接確認してもらって、近付いて良いか判断する」

ケトルーアは、スー達のようなクマやウサギが強いことも、逃げ足が速いことも知っている。森の偵察に普段から使っているため、それらの力を信用しているのだ。ようやくそれならば、と納得してくれた。

「……いいだろう……ただ、絶対に無理はするな。できれば、連絡も欲しい」

「ああ。それがあったたな。そうだっ。いいのがあるぞっ」

この時のために用意してきた物を取り出そうと、フィルズは得意げにマジックバッグに手をかける。

するとそこに、一人の女性が入って来た。

「私にも、見せてくれるかな？」

それは、ケトルーアの妻、スイルだった。

冒険者の装備を着けたスイルは、いつ見ても凛々《りり》しく、美しい女性だ。どこぞの女王様と思われてもおかしくない。また武装した姿がとても良く似合うのだ。

「それでフィル。何を持って来たんだい？」

赤い唇《くちびる》が美しい弧《こ》を描く。そして、思わずというように、フィルズの頭を撫でた。

「っ……スイル姉《ねえ》……」

「ああ。すまない。フィルがあまりにも可愛くてな。うむ……やはり、男の子も欲しいものだ。なあ、ケト」

「っ、そ、そういうのは、今言うことじゃ……っ」

ケトルーアが顔を真っ赤にしている。この夫婦は、どうも男性と女性のリアクションが逆になる場合が間々《まま》あるのが面白いところだ。

「ふふ。うむ。ケトのこの可愛いところが似たら最高だな」

「っ、いいから！　それはいいからっ、フィル！　ほれ！　何があるんだ⁉」

強引にケトルーアが話を変えていく。これもよくあることだった。

この夫婦は、夫の方が振り回される側なので、フィルズは同情しながら、ケトルーアに話を合わせてやる。

「ん、コレを使ってもらおうと思ったんだ」

「これは……っ」

フィルズが地図の上に置いたのは、マジックバッグから出したアタッシュケース。それを開けると、中にあったのは幾つもの番号が振られた遠話機《えんわき》『イヤフィス』だった。

「これは……確か、イヤフィスだったか？　何人か持ってる奴は見たが……」

ケトルーアの口ぶりから分かる通り、まだそれほど普及《ふきゅう》してはいない。だが、比較的公爵領に近いこともあり、この辺境から護衛の依頼のついでに買いに来た者もいた。

個人登録する必要があり、使用者本人が買いに来ないといけないため、ケトルーアは未だ手に入れられていない。スイルも同じだ。

「本人が買いに行かねえとダメなんだもんな～。あっ、もしかして、ここで売ってもらえるのか⁉　あれだろ？　スー達みたいに、離れていても話せるんだよな？」

どういう物なのかは把握《はあく》しているようだ。

「ああ。けど、これは売り物じゃねえ。冒険者ギルドに管理を頼もうと思ってるものだ。こういう氾濫の時や大きな仕事の時に貸し出す用だ。個人登録もできない。赤が親機で、黒が子機だ」

本来、耳に付けるものとカード型の端末でひとセットのイヤフィス。しかし、黒の方には端末がない。子機が通信できるのは、親機の一つだけで、それ以外にはかからない。

赤は五セット。黒が二十セットだ。

赤の方はカード型の端末が、一般的なサイズの三倍あった。一般的なものは、名刺サイズより一回りほど大きい。

その三倍もあるので、画面はとても見やすくなる。その分、情報量も多い。

「赤は後方で使って、情報の整理と司令を伝える。ここで戦況を確認する人用ってことな。分かりやすく説明すると……」

そこで、フィルズはアタッシュケースに入っている、説明書である図解したパネルを見せる。赤の親機は、黒の子機を五台まで管理でき、担当者を決めて使う。二つの子機から同時に親機に通信した場合は、どちらかが録音になるなど、機能の数々が吹き出しで書かれている。

「赤は、端末で操作する仕様で、同時通話も可能だ。そんで、黒は前線に行くリーダーや斥候《せっこう》が持つ。こっちは音声での操作になる」

それもパネルで説明。赤から黒への通信は、二コールで勝手に繋がる。黒から赤の場合は、合言葉として『こちら○番』と言い、要件を告げる。その後、切る時は『○番以上』と伝えれば終わる。

「合言葉は変えられるけど、それは追い追い考えてくれ。今回はこれでやろう。でだ。スイル姉、前に言ってただろ？　結婚して冒険者を引退した女性達が、氾濫の時には手伝いに来てくれるけど、前線に出すのは心配だって」

「ああ。言ったことあるねえ。まさか……なるほど。冒険者として現場を知ってるなら、指示も伝えやすい……ここで使えということだね」

「それに、女の声聞くと、男は安心もするだろ」

これに少し考え込むリーダー達。そこに、フィルズは更に付け足した。

「女に発破《はっぱ》かけられたり、励まされたりするの、嬉しいんじゃねえの？」

「「「「それはある」」」」

真面目な答えが返ってきた。

「けど、結婚した奴か……」

「どうせなら、若い子がいいよな……」

「「「「だなっ」」」」

「それ、引退した姉さんらの前で言えるか？」

「「「「っ、聞かなかったことに!!」」」」

この辺境では、スイルの存在が大きいこともあり、強い女性が多い。男達が押され気味になるのが当たり前になっていた。なるべく逆らわず過ごすのが、ここでの賢い生き方とされる。

先ほどの言葉を女性達が聞いたなら、大顰蹙《だいひんしゅく》ものだ。彼女達は結束も固いため、すぐに辺境中に話が伝わり、ひと月はこの辺境に住む女性達に無視されるだろう。

スイルが含みのある笑顔で聞かなかったことにしてくれたようだが、男達は完全に腰が引けていた。仕方なくフィルズも水に流してやることにする。

「で、スイル姉、ケト兄。使えそうか?」

「「もちろんだっ」」

早急にリーダー達に使い方を確認させ、行動を開始した。

森の監視をしていたクマとウサギをドラゴンの元へ派遣して、反応を待っている間に、フィルズはエン達の訓練を始めることにした。

ケトルーアとスイルに許可を取り、ビズとエン達だけを連れて、フィルズは先行して一人、森の中に入っていた。

「いいか、エン、ギン、ハナ。よく聞けよ」

《ワフ!》

《クン！》
《キュン！》
いい返事をする三匹。それも、並んで賢くお座りしている。そうすると、余計に毛玉にしか見えないのだが、それはそれで可愛くて和《なご》む。
とはいえ、周りは全く和める状況ではなかった。この間にも氾濫は始まっており、正気を失くした魔獣や魔物が向かってきている。
だが、それらはビズの存在感と威圧により、綺麗にフィルズ達を避けていた。ただし、森の外に出ると人の手に余るものは、ビズが蹴り飛ばして倒している。
そんなわけで、フィルズ達の周りは、とても騒がしい。すぐ傍の足下を小さな魔物が転がっていくし、魔獣が横を駆け抜けていく。
それでもフィルズやエン達は全く動じず、話をしようとしている。
《ワフっ、ワフ？》
あの子達を倒せばいいのか、とエンが群れに目を向ける。
《クン？》
悪い奴らなのかとギンが首を傾げる。
《キュン？》
やっつければいいのか、とハナはやる気を見せる。

これにフィルズは困り顔を向けた。
「奴らは、恐慌状態……びっくりして怖がってるんだ。だから、別に悪いことをしてるわけじゃない」
《ワフ……ワフワフ？》
エンが、それなら倒すのは良くないのではないかと首を傾げる。
「そうだ。だから、全滅……全部倒すのは良くない。強い奴らは、戦ってる間に正気に戻って、逃げたりする。それはそのまま逃がしてやろう。いいか？」
《クンっ》
《キュンっ》
『わかったー』とギンとハナが返事をする。そして二匹は改めて、傍を駆け抜けていく魔獣や魔物を見る。
《ク〜ン……》
《キュンっ、キュンっ》
《ワフ……》
ギンは可哀想だと円らな瞳を向ける。ハナは『あの子たち、目がヘン。かわいそう』とのこと。
エンも気の毒だと同情する目を向ける。正気ではないのが分かったらしい。
同じようにフィルズも彼らを見る。そして、改めて状態を理解できた。

「混乱して、魔力を使い過ぎてる奴らは、もう正気に戻ったところで、この後生き残ることはできないだろう……そういう奴らは、倒してやれ」
どのみち間引《まび》きは必要だ。そして強い個体が生き残る。結局、繁殖期などで数が過剰にならないように世界は出来ているのだ。
《ワフ！》
《クン！》
《キュン！》
三匹が納得したところで、狩りを開始することにする。フィルズはエンに注意だけはしておく。アドバイスは必要ない。
「エン、周りの木や草が燃えないように当てるんだぞ」
《ワフ！》
エンとしては、威厳《いげん》たっぷりに一歩踏み出し、構えたつもりだろう。だが、小さく短い足はポンと地面に置かれただけだ。可愛過ぎる。
「っ……」
微笑ましさに噴き出しそうになりながら、フィルズはエンを見つめる。エンの黒く円らな目が赤く光った。すると、エンの目の前に魔法陣が現れる。大きさは直径五十センチくらいだろうか。エンのモフモフとした顔よりもかなり大きめだ。

《ワウゥウゥッ》

勇《いさ》ましく吠《ほ》えたつもりのエン。同時に魔法陣から九つの炎の球が出て来る。中央に一つ。周りに八つだ。それが次の瞬間、回転しながら勢い良く四方八方に飛んで行く。それらは、過《あやま》たず魔獣や魔物の顔を焼いた。

「お見事」

《ワフ!!》

エンの狙い撃ち技は、フィルズも文句なく賞賛できるものだった。

次はギンだ。彼は、エンほど命中率が高くない。そもそも、氷の球やつららが上手く飛ばなかった。

氷は炎よりも、間違いなく重い物質なので、そのためかもしれない。練習を繰り返せばそこも何とかなる可能性はある。だが、それまでの攻撃手段を作っておかなくてはならない。

そこで考えたのが落下の力を利用する方法だ。

「ギン、氷を上から落とすんだ。お前は距離感を測るのが上手い。だから落ちる場所、タイミングを合わせて相手に当てることもできるだろう?」

《クゥウン!》

上空に魔法陣が展開された。エンの創り出した魔法陣と同じくらいの大きさ。だが、それは三つあり、更に少し斜めになっている。それらはギンの真上ではなく、少し前方に浮かんでいた。

ギンの目が青白く光っている。
《クウゥウン！》
魔法陣から、六つずつ、二十センチほどの長さの直径五センチから三センチあるつらら《ヽヽヽ》が現れ、発射された。
それは落下の力を借りて、勢い良く、向かってきていた魔獣や魔物を貫《つらぬ》き、絶命させる。
「いいぞ。重さでついた速さも計算したんだな」
《クン？》
「……ギン……勘か……」
《クンっ》
どうやら、天性の勘というか、何となく相手の大きさによって氷の重さを変えていたようだ。本人ならぬ本獣は自覚なしだった。
そして、最後はハナだ。
「まあいい。よし、ハナ。やれそうか？」
《キュン、キャン！》
実は、一番強力な攻撃手段を持つのがこのハナだった。
ただし、発動するまでに少々時間がかかる。現状では、攻撃用に魔法を創り上げる前段階からの作業が必要なのだ。恐らく、理解が深まればそれも省くことができるようになるだろう。まだその段階ではないというだけのことだった。
彼女はまず、誰にも侵入不可能な結界を創る。それは球体だった。半透明の球体がハナの前に現れた魔法陣から出て来る。とても硬い盾《たて》にもなるものだ。
その淡く光るその球体は、花の蕾《つぼみ》が開くように前方から六つに割れる。
《キュウゥン！》
バラバラになった花びらのようなそれが、クルクルと魔法陣の前で回り、立ち上がった花びらが真っ直ぐな板のようになっていく。そして、勢い良く発射された。向かってくる魔獣や魔物が、地面にも線を付けながら飛んだそれに、輪切りにされる。
「……うん……素材としてはもったいないが……まあ……倒せるんだからいいか……」
《ワフっ》
予想通りの状態だった。エンが目の前に広がった凄惨《せいさん》な光景を見て、それらを炎で焼いてくれた。
「エンありがとな」
《ワフ！》
妹のしたことの後始末は、エンにとって、やって当たり前のことらしい。やはりできる兄は違う。
《ヒヒィンっ》
《キュン？》
《ブルル》

《キュン……っ、キュン！》
《ブルル》
エンを褒めている間に、ビズがハナに指導していた。主に、狩り方の状態についてらしい。ビズにとっても、ハナは可愛い妹のようなもの。ハナとしては、ビズは憧れのお姉さんで母親のようにも思える存在だ。話もよく聞いていた。
ハナは、一撃でも魔獣を倒せる力を持つ。それなのに、一体を二、三枚の攻撃盾を使って倒す。三枚おろしにしてしまうのだ。
倒すことを確実にするならば、これで良かった。だが、こうしてフィルズと行動するならば良くない。見た目も悪いし、血の匂いも広がってしまう。
《キュン……》
「ん？」
ハナがフィルズの足下にやって来てお座りし、見上げてきた。何かを伝えたがっているのが分かる。
膝《ひざ》を突いてしゃがむと、ハナはフィルズの膝に前足を乗せてくる。
《キュンっ、キャン！》
「……色んな倒し方？　キレイな倒し方が知りたいって？」
《キュン！》

「……そうだな……ハナの戦い方……」
フィルズは少し考え込んでから、地面に絵を描いて説明する。
「こういう、小さいのを撃ち込むとか……頭を切り落とすのが一番だな。頭は素材になる物もないし、そこを狙うといい。ただ、狙う場所が小さくなるけどな」
《キュン……キャン！》
やってみると言って、ハナが駆け出す。そして、今度は小さな欠片《かけら》となった盾を花吹雪《はなふぶき》のように飛ばし、魔獣の頭を砕いた。
「……うん……完璧……」
《キュウウン♪》
攻撃手段は、どちらかといえば幻想的《げんそうてき》なのに、最終結果はグロい。だが、間違いなく強力だ。末っ子の可愛い女の子は最強だった。
《ヒヒイン》
《キュンっ！》
ビズも誇らしそうで、一緒に魔獣達に向かっていく。
「……うちの女達は強いな……」
《ワフ……》
《クゥウン……》

「頑張ろうな……」
《ワフっ》
《クンっ》
負けてられないなとエンとギンと慰《なぐさ》め合い、フィルズ達も戦闘に加わった。
それから一時間ほど戦い、最初の小さい魔獣達の氾濫が収まり出した頃。不意に複数の何者かが、不用意に森を進んでいるのに気付いたのだ。

大きな氾濫ほど、間を置いて段階を経たものになる。

最初の氾濫は、森の浅い部分に棲む小型の魔獣や魔物が、森から追い立てられるようにして出て来る。この時の防衛線は、森との境界線ギリギリに設定する。

それほど強力な魔獣は出て来ないので、森に入って動きにくい場所で戦うより、戦いやすく見渡しやすい森の外で相手をした方が効率もいいのだ。

こうして、森の外で多くの魔獣が倒されたことを、次に出て来ようとする魔獣や魔物達が感じ取り、しばらく膠着《こうちゃく》状態となるのだ。

森の中から出たいという焦りと、外に出れば倒されるかもしれないという恐怖心が拮抗《きっこう》する。森の外に出た魔獣達の遺骸《いがい》の処理が終わるまでは、まず出て来ないので、人間側は落ち着ける。そして、大抵半日ほどこの膠着状態を保てるというのが、この辺境の者達が長年にわたって氾濫に対処して得た情報だった。

そんな少しばかり余裕が出来る頃。愚かにも森に入り込んだ余所者《よそもの》がいた。

フィルズはビズ達を連れて、密かに彼らに近付いていった。

余所者と判断したのは、装備が明らかに冒険者のものでも、辺境の兵士達のものでもなかったからだ。

煌《きら》びやかな、見た目重視の鎧《よろい》をつけた騎士が五人。その五人の騎士に囲まれてイラつき顔を見せるのが、戦い方も知らないような十代中頃の少年。身なりからして、貴族の子息であるのは明らかだ。

その少年が、場所や状況も理解せずに騎士達へ唾《つば》を飛ばす。

「おいっ！　本当に大丈夫なんだろうなっ」

これに困り顔の騎士達が目を合わせ、一人が答えた。

「はいっ。この後、小休止するのです……魔獣達も出てこなくなります……」

「なら急げ！　ドラゴンは必ずいるんだっ。まったくっ、あっちに金も握らせて、人まで雇って渡したんだぞ！　いなかった、戻れなかったで済ませられるわけがないだろうっ！」

相当苛立っているようで、騎士達もタジタジだった。

「し、しかし、戻って来た者はいないとの報告が……」

「それこそ、ドラゴンがいたという証明だろう！　いいから、進むのだ！」

「「「「っ……はい」」」」

フィルズは騎士達に同情した。

「……うわ～……あんなガキのお守りとか……可哀想過ぎるだろ……」

《ブルル……》

騎士達の年齢は二十代頃。騎士になって間もないというわけではないだろう。それなりに経験を積んで、ようやく主人を得たという年齢だと思われる。

「主家の息子の面倒を見させられてるって感じか……それで、今回の件に関わってそうだな。ケト兄に相談するか」

ドラゴンがどうの、金を握らせただとか言っているのだ。絶対にロクなことではない。

フィルズはイヤフィスでスーへと連絡を入れた。

「……スー。ケト兄とスイル姉に伝えてくれ」

しばらくして、ケトルーアとスイルからの回答が来た。それを聞いてフィルズはビズに指示を出す。

「ビズ、エン達といてくれ。あいつら、捕まえてくる」

《ブルル》

ビズもフィルズの意図を察したらしい。いくらフィルズが上級の冒険者であっても、守護獣と一緒にいるところを見られたら、おかしな因縁《いんねん》を付けてくるだろうと予想できた。

特に、エン達は可愛い。貴族なら男でも女でも欲しがるに決まっている。金さえあれば手に入らないものはないと思っている輩《やから》が多いのだ。そして明らかに、今怒鳴《どな》っている少年はそういう安易な考え方をしそうな様子だった。

「ケト兄達が来るまで、隠れててくれ」

《ブル》

頷いたビズにエン達を任せ、フィルズは面倒な令息《れいそく》と騎士達の元へと足を踏み出す。騎士達を驚かせないよう、少し距離を取って声をかけた。

「氾濫中の森に、辺境の所属でもない騎士が何用だ？」

「「「「っ!!」」」」

「なっ、何者だ！」

先ほどから少年が興奮しっぱなしなのが少し気になるが、先に名乗ることにした。

「四級冒険者のフィルだ。エントラール公爵領を拠点《きょてん》にしている。今回の氾濫で応援に来た」

フィルズは冒険者ギルドのカードを出す。これだけでは騎士達の警戒は解けないだろう。お金を払えば手に入る身分証なのだ。階級を誤魔化《ごまか》すのは無理でも、カード自体は荒くれ者でも手に入れられる。

「っ……四級……どう見ても十代……それに……少女……本当か？」

「っ……」

疑われるのは予想通りだ。とはいえ、女と間違われたのは不本意だ。声も少し低くしたというのに、意味がなかった。薄暗い森の中。それに距離も取っている。体格やシルエットからそう判断されたらしい。

気を取り直し、フィルズはカードの裏を見せて魔力を流す。四級以上の冒険者のカードには、特殊な加工が施《ほどこ》されていた。

身分と実力を確実に保証するという、冒険者ギルド本部の印と、登録冒険者ギルドの支部名とギルド長の名前が、青白い光の文字となって浮かび上がる。

そこに更に、フィルズの場合は、教会の印と後見人として神殿長の名が書かれていた。

各国に一人ずついて、一国の全ての教会をまとめるのが神殿長だ。この国ではその神殿長がエントラール公爵領都の教会にいる。

「っ、教会の後見も受けているのかっ？　それも……『シエル・ウェルウィス』っ……この国の神殿長のお名前……っ」

ウェルウィスは、教会の上位神官の名乗る名だ。それは大聖女も最高位の教皇も同じだった。

騎士達の警戒が解けたのを確認し、フィルズは続ける。

「ここはまだ危ない。それに、ここから森の奥へ入るならば、辺境伯の許可を得てもらわなくてはならない。戻って顔合わせを頼む」

これに、騎士達は納得したような、ほっとしたような顔をしたのだが、少年は別だった。

「お前のような子どもが、それも女がいるならば、僕だって問題ないだろう！　こっちには騎士がついているのだ！　大体冒険者ごときが、僕の前に立つな！」

「……」

まだ大丈夫だとフィルズは心を落ち着ける。イラつくが、殴るほどではない。

フィルズが自分にそう言い聞かせていると、騎士達が少年を説得しようとした。

「っ、いけません。坊ちゃんっ」

「いくら少女に見えても、彼女は四級の冒険者です。上級の冒険者は、かなりの実力者ですっ」

「そうですっ。一般的な騎士団長と同等と言われているんですよ」

「そんな彼女が言うんです。ここは大人しく従いましょうっ。嫌な感じがしますから」

完全に女と勘違いされているのは、よく分かった。

「煩《うるさ》い!!　あんな子どもの言うことをなぜ僕が聞かなくてはならんっ！　それに、隣国と取り引きしたことがバレたら、どうなるかっ」

「「「「っ!!」」」」

「……へえ……」

フィルズはカードをしまい、鋭く目を細めて近付いていく。

「お前、この国の貴族の子どもだよな？　それが、なんで隣国と？　そういえば、面白いことを話してたなあ。ドラゴンがどうのって」

「っ、盗み聞きだと!? 貴様っ、卑《いや》しい冒険者が……っ……かわいい……」

「は？」

近付いたことで、顔をきちんと確認できたらしい。少年はフィルズの顔を見て頬を染めた。

「お前……お前っ、僕の第二夫人にしてやる！ 光栄だろうっ」

「……」

「「「「……」」」」

胸を張る少年に、フィルズと騎士達は唖然とした。心は同じ。

『こいつはバカだ』という言葉が浮かぶ。

「……お前ら、苦労するな……」

「「「「はい……」」」」

とりあえず騎士達は悪い奴じゃないなと、勝手に好感度を上げておいた。


その後、騎士達に協力してもらい、問題の貴族の子息の背を押すようにして森を出た。彼は戦う術《すべ》を持たないのだろう。口では色々と言っているが、騎士達が進まなくても自分一人で進むなんてことは考えられない様子だった。

「おいっ！ 貴様ら!! 僕の言うことを聞け！ っ、くそっ、離せ！ 父上に言い付けてやるからなっ!!」

「「「「っ……」」」」

騎士達は少し迷いを見せた。しかし、そこでフィルズが口を挟む。

「その父上とやらは、侯爵か？」

これに騎士達は首を横に振った。侯爵かと聞いたのは、これから会うことになる辺境伯と肩を並べられる地位にあるのか、という確認だ。

「いえ。伯爵です」

伯爵ならば、確実に辺境伯より下になる。

「なら、身分的にも辺境伯の指示に従わないのはマズイだろ。ただでさえ、他領での行動だしな」

「っ、そうですよね。ありがとうございます！」

騎士達はほっとしていた。

そんな中でも、少年は文句を言い続けている。幸い力が強くないため、煩いだけだ。

「ふざけるな！　辺境伯なんて、元冒険者の野蛮人《やばんじん》だろう！　純粋な貴族である父上や僕に、無礼は許せん！」

「……いや、お前が許すとか許さんとか、マジで何様のつもりだ？　大丈夫か、この坊っちゃん」

普通に、本気で心配した。

すると、騎士の一人が他の騎士達に目配せした後、代表としてフィルズに耳打ちした。

「……その……坊ちゃんは第一夫人の子なのですが、第二夫人の子である兄上がかなりできる方なので、将来は実務を兄上に任せればいいと、第一夫人から甘やかされて育ちまして……」

「どんな甘やかされ方だよ……」

できなくても良いと甘やかされたようだ。完全にダメ人間を作っている。

「二つも年下ですし、年齢的にも同じようにできなくて当たり前だと……それで良いと教えられていまして……ただ、それ以外についての自尊心《じそんしん》だけは人一倍強く……今回も、伝説のドラゴンを捕まえられれば、兄上を出し抜けると……」

「……面倒くせ……」

努力もしていないのだろう。実力の伴《ともな》わない口だけの、貴族にありがちな面倒な性格だというのはよく理解できた。

「おい！　僕の第二夫人にあまり近付くな！　お前も、男に媚《こび》を売るんじゃない！」

「……」

既に、フィルズの中では、怒りを通り越して呆れしかない。

戯言《たわごと》は無視して、森の外に出た。そこかしこに倒された魔獣が転がっているのが確認できる。お陰で、少年は口を閉じてくれた。

「結構、出て来たな」

そのフィルズの呟きを、ここで待っていたケトルーアが拾った。

「これでも少ないんだろ？　お前が中で間引いてんだから」

「……まあ、これと同数くらいはビズ達と狩ったな……」

「ほれみろ」

どれだけの魔獣が向かって来ようとしていたのかなど、二級の冒険者でもあるケトルーアが気付かないはずがない。

「フィル。お前、俺も推薦《すいせん》してやるから、早いとこ昇級試験受けろ。ビズ嬢ちゃん達の実力も込みでの試験、受けてねえだろ」

「ああ。けど、まだ四級になって一年も経ってねえんだけど」

「何か問題があるのか？」

「いや、四級から上は一年の維持期間があるんだよ。昇級試験、一年は受けられねえんだってよ」

「は？」

上級冒険者となったら、実力をきちんと対外的に示す必要がある。そのため、四級からは、一年の等級維持期間が設《もう》けられていた。それを知っている冒険者はごく小数だろう。ギルド職員ですら、忘れているかもしれない規則だった。

「俺も、この前ギルド長に言われて知った。普通は一年やそこらで昇級できるもんじゃねえから、ほとんど知られてねえんだってさ」

「……マジか……まあ、確かに。そんなトントンいけるもんじゃねえな……」

「その上、俺は後見人に教会がついてるから、更に実力を見せるための指名依頼をいくつかこなす必要もあるらしい。目立つの、嫌なんだけどな……」

せめて国内で名が響くくらいにはならないといけないらしいのだ。それがとても面倒だった。しかし、幸いなことに、フィルズには名声を上げるにあたって使えるものがある。

「だから、今回から出張サービスしてやるぜ」

「ん？　何のだ？」

「セイスフィア商会の出張サービスだよ」

「あっ！　マジで⁉　じゃあ、コレもっ、コレも買えるか⁉」

ケトルーアがコレと指差したのは、マイボトルとイヤフィス。マイボトルは少し前にプレゼントしたのだ。

「おう。食事も格安で提供してやるよ。その代わり、支店出す許可をくれ」

「任せろ！」

あっさり領主の言質《げんち》は取れた。

セイスフィア商会の初の他領での支店は、この辺境からスタートすることになった。

司令部に残っているスイルにもスーを介して連絡し、支店の許可を取った。

辺境伯夫妻から口約束とはいえ、許可をもらったので、本決まりでいいだろう。

そこで、ようやく貴族の少年と騎士達へ目が向いた。ケトルーアも厳しい目を向ける。

「で？　こいつか？　隣国の奴らと取り引きした疑いがあるってガキってのは」

「ああ。騎士達は話が通じる」

「ガキはダメってか？」

鼻で笑うケトルーアに、さすがの少年も口を開いた。

「っ、無礼だぞ！　卑しい冒険者ごときが！　それとっ、僕の未来の第二夫人に近付くな！」

「……コイツ何言ってんの？　まさかお前、女と思われて……」

「目が悪いんだろ」

真面目な顔で淡々《たんたん》とフィルズは告げた。しかし、ケトルーアは同意しない。

「……いや、声で……あ〜……フィルの声はな……」

「耳も悪いんだろ」

「……お前な……」

間違えるはずがないと言ってフィルズも認めなかった。

そこで、フィルズが手を打つ。

「そうだ。それで思い出した。後援会《こうえんかい》のおっちゃん達にメガネと補聴器《ほちょうき》を売り付けっ……提案しようと思ってたんだった」

「お前今、売り付けるって……」

「耳がいいな」

「いや、否定しろや……」

バレたなら仕方がないと開き直るフィルズに、ケトルーアは呆れ顔を向ける。

ため息を吐いた後、ケトルーアは気を取り直して少年というか、騎士達へ問いかける。

「家名は」

「っ、フラント伯爵家です……」

「あ～……なら、コイツの独断じゃねえな」

フィルズも少年を見て納得する。

「まあ、明らかに親におんぶに抱っこって感じするもんな。一人じゃ何もできない感じ。部下も何か保護者っぽいし」

「昔から、隣国への関与が疑われてる家だ。バカな息子がいて助かったぜ。これで色々と掘り起こせそうだ」

息子を甘やかして育ててくれたのは、都合が良かった。今までは隙がなかったらしく、斬り込めなかったようだ。

「けど、ならなんで、こんな人の好さそうな騎士を雇えてんだ？」

この疑問には、もうこれでお役御免《やくごめん》だという様子で、肩の力を抜いた騎士達の中の一人が手を挙げた。

「あ、はいっ！」

「なんだ？」

騎士は近付いて来て、少年に聞こえないように告げた。

「我々、実は、王国騎士団の潜入捜査班《せんにゅうそうさはん》の者です。フラント家の第一子の方からお願いされまして、彼の傍で調査を行っておりました」

「王国騎士団の……？」

ケトルーアが訝《いぶか》しむ。そこで、フィルズはイヤフィスをラスタリュートに繋げる。彼はセイスフィア商会が正式に活動し始める前に、フィルズの屋敷へ王と共にやって来た王国の騎士団長だ。

『久し振り～。どうしたの？』

「ああ、ちょい聞きたくて。騎士団がフラント家を潜入捜査してるって聞いたんだけど、本当か？」

『あら。あの坊ちゃん、何かやらかしてくれた？』

「今盛大にな。辺境伯領で、隣国と取り引きしたとか喋ってくれてる」

『あははっ。さすがは甘ちゃんな坊やだこと。予想以上の成果ねっ。あ、間違いなくフラント家の第二夫人の賢い息子の方からの要請で、潜入捜査してたわ。五人、潜入捜査班の一つをバカ息子ちゃんにつけてたの』

これで確認は取れた。

「一応、名前と特徴を教えてくれ」

『はいは～い』

そうして確認したところ、この五人の騎士で間違いなかった。

「ケト兄。間違いない。王国騎士団の潜入捜査班だ」

「……お前、どこに繋げた？」

「ん？　王国騎士団長のラスタリュートだ。お得意様でな」

「……どんな人脈だよ……」

呆れ顔が、なぜか苦労性の子どもを憐れむような顔になった。フィルズとしてはとても心外だ。

「俺もまあ、そう思わなくもねえけど……あと一時間もすれば、国王とも繋がるしな。俺、相談役なの」

毎日ではないが、王の時間の空くその時に、王自身が通信してくることがあるのだ。

「国っ、待て待てっ。マジでどうなってる⁉」

その驚き方を見て、フィルズはおやと思った。

「え？　ケト兄、気付いてなかったのか？　俺、一応今のところ、家名持ち」

そういえば、今のように冒険者フィルとして活動する時は、目の色も地味になるように変えているんだったと、自覚する。

公爵領で正体がバレたのは、周囲の人が母クラルスを知っていたり、フィルズとして振る舞っている時の瞳の色や姿が知られていたからだ。

「っ、貴族の？　ってか、一応って何だ？　ま、まあ、こんなキレイな顔したのが平民とか、それはないよな」

「いや、俺そっくりな母さんは流民だから、なくはない」

ここまで喋ってなんだが、ケトルーアやスイルになら、正体がバレても問題ないなと内心頷く。

「……親父が貴族ってことか？　婚外子《こんがいし》？」

「でもねえよ。母さんはちゃんと迎えられてる第二夫人。離婚届はこっちが握ってるけど」

「どんな状況だよ……」

「まあ、それは置いといて。まずは色々そいつらに聞かないとだろ」

まだまだ知りたそうにしているケトルーアの様子に気付いていながら、フィルズは話を変える。

その理由は、放《はな》っていた偵察部隊から、これからドラゴンの棲処らしき所への潜入を始めるとの連絡が入ったからだ。フィルズがこの場を抜けるのも時間の問題だろう。


フィルズは、クマとウサギがドラゴンと接触して上手く交渉するのを願いながら、騎士達の話に耳を傾ける。

今、フィルズとケトルーアは、少年を連れて、スイルのいる司令本部に向かう途中だ。森の奥まで行くとなれば、ビズに乗って飛んで行くつもりなので、時間的な問題はない。

領主の正当な血筋であるスイルの元まで少年を連れて行けば、こちらの問題はなくなるだろう。

今は、むくれた顔をしながらも少年は大人しく歩いている。フィルズがこう言って黙らせたのだ。

『貴族なら、辺境伯の方が、身分が上だって知らねえわけねえよな？　元が何だろうと、仮に成人したての子どもだろうと、王から任命を受けたらこの国じゃ、誰が何と言っても貴族になるし、領主になるんじゃねえの？　それを否定とか……平民でもマズイって分かるけど？』

貴族のお前は分からないのかと言うと、少年は黙った。『貴族なら』『王から任命』というのより『平民でも』という言葉が一番効いたらしい。貴族の立場に高い矜持《きょうじ》を持ち、上の権力に弱い者は扱いやすくていい。

騎士の内の二人に両側を固められて歩いて行く様は、本当に何も知らない子どものようだ。

その数歩後ろで、フィルズとケトルーアと、残りの騎士達が話を続けていた。

騎士達は、これでようやく仕事から解放されるという様子で、晴れやかな笑みを浮かべている。

王国騎士団の潜入捜査班の者達は、最初からこの辺境まであの少年を引っ張り出せれば、辺境伯に保護を頼もうと考えていたらしい。

証言も取れたし、後は森の中で気絶させて辺境伯に頭を下げるだけというところで、フィルズがやって来たというわけだ。

「いやあ、助かりました。まさか氾濫が起きている森の奥に入ると言い出した時は、本当にどうしようかと……」

「たまたま落ち着いたところだったので、そろそろ気絶してもらおうかな～と思ってはいたんですが」

「果たしてこのまま気絶した坊ちゃんを担《かつ》いで出て来た我々を、冒険者の方々が警戒して面倒なことにならないかとの心配もありまして」

辺境伯であるケトルーアとスイルが、氾濫の時ならば冒険者達と共に前線に出て来ると知っていても、すぐに会えるとは限らない。

王国騎士団の騎士章はあるが、こんな時に、明らかに貴族の子息と分かる子どもを森から担いで出て来るのは怪し過ぎる。

どう信じてもらおうかと、彼らも困っていたようだ。フィルズがそこに居合わせたのは、彼らにとって幸運だった。

「本当に助かりました。うちの団長とも知り合いとは……それも、今話題のイヤフィスをお持ちなんてっ」

「我々も帰る途中で、公爵領都に寄って、買ってくるようにと言われていたんですっ！　本当に便利ですね！」

ラスタリュートの部下である騎士達が、少し前から休暇《きゅうか》を利用して公爵領にやって来ては、セイスフィア商会でイヤフィスや様々な商品を買うようになっていた。

彼らもここで仕事を終了して、帰還《きかん》の折に買いに来る予定だったようだ。

フィルズは客の入り具合をなるべく把握するようにしていたので、騎士らしき者達が客として来ていたことはホワイトやゴルドといったクマ達から報告を受けて知っていた。

「まだ持ってない騎士がいるってことに驚くくらい、結構買いに来てたと思ったんだけどな……」

騎士団一つ分くらいの人数は、もう既に買っているはず。ラスタリュートの部下は、もうほとんど持っているのではないかと思っていた。

「あはは。いやあ、近衛《このえ》とか、知り合いの貴族家の騎士とか護衛とかも、なんとか時間を作って公爵領に行っていますよ」

「うちの騎士団長から情報が広がっていますからね。で、なるべく貴族に知られないようにしてますっ」

「知られたら、一気に社交界で広がって、買いに行き辛くなりそうなんで」

これを聞いて、フィルズはそういえばと気付く。

「ああ、だからか。王や宰相《さいしょう》が持ってるのに、なんで貴族の客が少ないのかと思ってたんだよな……来てた貴族も行儀いいし、もしかしたらあえて黙ってるのか？」

威張《いば》り散らすような貴族は、ほとんど来ていなかった。当然、そういった客には、きちんと困ると伝えて、お帰りいただいている。人気の商会から追い出されたなんてことは、口が裂けても言えないだろう。よって、質の悪い者は自然と静かに去っていく。

「えっ⁉　陛下や宰相様が⁉」

「……あ、なんだ。知らなかったのか。ってことは……」

その時、イヤフィスが反応する。端末を鞄から少し出して確認すると、今待っているウサギとクマの通信ではなく、ファスター王だった。

騎士達やケトルーアに一言伝える。

「すまん。王からだ」

「おう……は⁉」

「え……？」

ケトルーアには言ってあったというのに、やはり驚くらしい。騎士達は言葉が理解できなかったようだ。

フィルズは、目を丸くしているケトルーアや騎士達から二歩ほど後ろに下がって、イヤフィスを繋げた。

「はい。こちらフィル」

『冒険者の仕事中か？』

「ああ。辺境で氾濫が始まったから、応援に」

『それは……今は戦闘中ではないか？』

「今は一回目が終わって、休憩に入るところだ。そういえばこのイヤフィス、大人しく自分達だけで使ってんのか？」

フィルズの言葉遣いにハラハラしているケトルーアと騎士達。騎士達の方は、どうも疑い半分だ。話し方を聞いて余計にだろう。

『おっと、バレたか。ははっ、すまんな』

もう数ヶ月、こうして話をしているため、実の父親よりも親しい関係になっていた。気持ち的には気の合う叔父《おじ》と甥《おい》のようだ。話も気さくに世間話から領や他国の話まで様々。

『商会としては宣伝して欲しいのは分かっているのだが、よくよく考えたら、貴族よりも先に騎士達や冒険者に行き渡らせた方が良いと思ってな』

貴族に知られてしまうと、買い占めに走ろうとする者もいるだろう。そうなると、困るのは本当に必要とする冒険者達だ。それらを考え、配慮してくれたらしい。

「まあ、確かに、俺としては冒険者や離れて暮らす家族向けにと思っていたしな……そうだ、固定の映像機能の付いたのを作ったんだ。また試験を頼みたい」

ファスター王には、様々な商品を優先的に回している。その代わりに使い心地や機能性についての意見を貰っていた。

もちろん、ある程度試験をした後だ。問題がある段階で送ったりはしない。

因みに、どうやって届けるのかと言えば、ラスタリュートを使っている。彼が遊びに来た時に直接持って行ってもらう場合と、知り合いの冒険者に王都の冒険者ギルドまで運んでもらい、それをラスタリュートに受け取りに来てもらう方法だ。

どちらも確実に、直接、王の手に渡るというわけだ。ついでに父親のリゼンフィアへも渡しているが、そっちはイヤフィスでの通信を拒否しているので、手紙で意見をくれる。

律儀に一緒にクラルス宛の手紙も同封してだ。彼は現在、ちまちまと関係の修復を図ろうとしていて、そっちは勝手に頑張ってもらっている。フィルズは全く手を出していない。

「各ギルド向けとして作ったんだが……貴族家に一台ずつというのはどうだ？」

現在使われている緊急の連絡手段は、鳥によるものだ。きちんと届いたかも不安な方法だった。

『っ、それはいい。是非とも普及《ふきゅう》させてくれ。緊急性のある報告が早く知れるのは有り難い。辺境の氾濫とかもな……いつも、後で報告書を見るだけになってしまうのが心苦しかったのだ』

「任せてんだから、そういうもんだろ」

王として辺境を任せているのだ。信頼して任せれば良い。だが、今の口振りからだと、少し申し訳なく思っているようだ。

まだ出会って一年も経ってはいないが、ファスター王がどんな人物なのかは、フィルズも分かっているつもりだ。だから、色々と察した。

「アレか？　氾濫用の予算とか、他の貴族共がケチるのか？　スイル姉ももう氾濫には慣れっこだから、報告書もいつも似たり寄ったりで、実際の状態が上手く伝わってないとかありそうだけど」

辺境において、氾濫はもう冒険者達にとってはちょっとした催《もよお》し物扱いだ。子どもの頃から、それを日常として受け入れてしまっているスイルの報告書からは、その大変さは伝わらないだろう。

予算もないならないで上手く工面してしまう腕と頭がある。優秀過ぎるが故に、余計に実際を知らない者達に、大したことがない印象を与えているのではないだろうか。そんなフィルズの予想は外れていない。

『相変わらず鋭いことだ……私自身、王位につく前に一度、辺境の視察に行った折にそれを見ていなければ、知ろうともしなかっただろうな……あれは、実際に見なければ分からないものだ……特に、危機感の薄い貴族にはな……』

守られるのが当たり前で、危機に面したことなどないという貴族は多い。そうして安全を守ってもらっているのに、冒険者を見下す。実際に見ても、多くの貴族は冒険者ならばできて当たり前と、どんな強大な魔獣が出て来てもそう言って退《の》けるだろう。

自分達を守って冒険者が死傷することさえ、当たり前だと思っている。守らなかったら、守れなかった者が全部悪いと決め付けることも多々ある。

「だから、想像力が死んでんだって。向かい合ってる相手の気持ちさえ自分に置き換えて考えられねえんだもんよ。実体験しねえと分かんねえとか、ガキじゃん」

『だなあ……どうしたものか……何かいい考えはないか？』

こうやって相談されるのも毎度のこと。

「あ～……あっ、とりあえず今回の氾濫を映像で見せるのは？　そういや、記録映像の魔導具を教えてなかったよな」

休憩所に設《もう》けたＣＭ機能。それをファスター王に話したことはなかった。アレは、完全にホワイトとクラルスのお遊びから始まったものだ。

魔導具として完成させたのは、あくまでも遊びの延長で、他に使うという頭がなかった。

『……記録えいぞう……？』

「ああ。その時の……あ～、目に見えたものをそのまま記録できるって言うか……」

説明するのは意外と難しい。

そうして困っていると、ファスター王が何やら決意した。

『……うむ……よし、決めた。今辺境は氾濫中なのだったな』

「ん？　ああ。それも特大の。何日かかかりそうなやつ」

『それは都合が良い。そっちへ行く』

「……は？」

『考えてみれば、辺境への視察はあれ以来行っていないからな。すぐに時間を作る。数日中にはそっちへ行く。フィルの贈ってくれた馬車の乗り心地の試験もあるしな！』

「おいおいっ、マジで？」

『うむ。辺境伯に数日中には行くとフィルの方でも伝えておいてくれ。ではな』

「おい⁉」

切られた。

「……マジか……」

ファスター王に、フィルズと出会ってから変な行動力がついたというのは、ラスタリュートから聞いていた。

公爵領の活気に触発され、王都の町にも度々お忍びで出掛けているというのも聞いた。

そこに、フィルズが職人達と研究して作らせた最新の馬車を贈った。それは乗り心地が抜群で、悪路でも問題なく進める。その上、軽くてスピードが出た。魔導具的な要素も安全装置に使っている。それによって、ファスター王は時間が出来れば近場の領まで視察に出かけたりと、精力的に動き回るようになったのだ。

あの馬車ならば、この辺境にだって、通常の半分の日数で到着できてしまうだろう。

頭を抱えたフィルズに、ケトルーアが心配そうに声をかける。

「おい、どうしたんだ？　何か……失礼なこと……」

ケトルーアはフィルズよりも深刻そうな顔をしていた。王と話をしていたというのが本当ならば、あのような話し方だったこともあり、フィルズが罰せられるのではないかと思っているようだ。

そんなケトルーアの顔を見て、フィルズはふうと息を吐く。

「俺の心配は必要ねえよ。寧ろ、ケト兄の胃が心配になった」

「俺の？　何でだ？」

「王が視察に来るってよ」

「……しさつ……しさつって……視察⁉」

ケトルーアはギョッと目を剥《む》いた。

「その視察。今の王なら、明日には出発するだろうな……そんで、最速の馬車で三日とせずに来るぞ」

「は？　いやいやっ、王都から七日は掛かるぞ⁉」

「うん。だから、最新の最速馬車で来るから、半分くらいの日数で着くんだよ。やべえだろ」

「やべえわ……っ、スイルにすぐに伝えねえと！」

ケトルーアは駆け出した。

「おい。イヤフィス使えばすぐ……って、聞いちゃいねえか……」

その背中に、フィルズは呑気に声をかけたが、聞こえなかったようだ。使い慣れていても、咄嗟にそれで連絡という頭にならないのは仕方がない。相当混乱しているというのはよく分かった。ケトルーアがいなくなったことで、騎士達は不安そうだ。フィルズもこの場をすぐには抜けることができなくなった。

「はあ……さっさと引き渡して、俺もそろそろ行く準備しねえとな」

そうして、スイルがいる建物の前まで来たところで、ようやく待っていた連絡が来た。

フィルズはその場で取って返し、森へと急いだのだった。

ミッション③　遺跡《いせき》と出逢い

森で待っていたエン達も連れ、ビズを走らせて森の奥へと進んだフィルズは、しばらくしてからビズの翼で空に舞い上がる。

《ワフ?》

エンが籠の中から不思議そうに見上げてきた。なぜすぐに飛ばずに、しばらく森の中を行ったのか不思議だったらしい。

「ん?　ああ、お前は本当に賢いな」

《ワフッ》

よしよしと頭を撫でて説明する。

「ここからなら、辺境の……こっちからも、隣国の向こうの壁の方からも見えないんだ。誰かに見られないようにしたいからな」

《ワフ〜》

そうなのかと納得してくれた。

「望遠鏡《ぼうえんきょう》も売りたいんだけどな……」

辺境の外壁からも、隣国との国境の壁の上からも、距離的に見ることができない場所だ。それは望遠鏡がないから。だが、フィルズは既にそれを作っており、外に出すかを迷っているところなのだ。

「まあ、王も来るし、そん時にちょっと話してみるかな」

そんなことを考えていれば、目的の場所に辿り着き、そこに降り立った。

それは森の突き当たり。山の緩やかな斜面をしばらく登った先に、歪《いびつ》な大きな石が積み上がっている場所があった。

薄暗いその場所は、石の山があり、それが左右に分かれている。その奥に山に開いた穴、石で出来た入り口があったのだ。

「すげえ……いかにも遺跡って感じだ……けど……こんな分かりやすいのに、よく今まで見つからなかったな……」

明らかに入り口だ。今まで誰も辿り着けなかったということはないのではないかと思えた。

《……ブルルっ》

ビズが森の方を振り返って警告する。

「ん？　ああ。警戒？　されてんのか」

こちらを警戒している気配。それは、遺跡ではなく森の方。大きな魔獣の反応が感じられた。それもいくつもだ。

「……結構大物がいるんだな……そういえば、ここまで奥に入ったことはなかったか」

《ブルル》

ビズに乗れば、ここまで来るのに苦労はない。しかし、本来ならばこんなショートカットはできないのだ。

「あんなのが沢山いたら、まあ、ここまで来られるのは奇跡《きせき》だな……」

いくらフィルズが強くとも、ここまで一人で一点突破ということはできそうにない。

そして、エン、ギン、ハナは、籠の中で震えていた。そんな三匹をゆっくりと撫でる。体温を分け与えるようにすれば、少し落ち着いたようだ。ただ、それでもいつもの元気はない。

《ワゥ……っ》

《クン……っ》

《キュフ……っ》

「大丈夫だ。ビズもいるしな。ちゃんと逃げることもできるから、安心しろ」

《ワフ……っ》

エンが代表で返事をする。ここでも長男は気丈《きじょう》に振る舞おうとしていた。

そんなエンは念入りに撫でておく。

「よし、行くぞ。通路はこの入り口の大きさとずっと変わらないらしい。ビズもついてきてくれ」

《ブルルっ》

先行したクマとウサギは、きちんとそこまで調べていたのだ。安心して入っていける。

だが、そこに入る手前で、足下の引き摺るような跡に気付いた。

「これは……奇跡的に辿り着いた侵入者の痕跡ってやつか……」

フィルズは、その跡を目で追う。薄暗くてよく見えなかったが、周りには細かい割れた石があり、所々焦げているようだ。

「爆破でもしたのか……？」

屈み込んで石に触れてみる。すると、エンとビズがヒクヒクと鼻を動かして、フィルズを呼んだ。

《ワフっ》

《ヒヒィン》

「ん？」

顔を上げると、エンとビズは、同じ方向を向いていた。

「そっちに何かあるのか？」

ビズ達が気になっているのは、入り口に向かって右側の石の山で出来た壁の裏側のようだ。

地面には、そちらに向けて擦ったような、何かを引き摺ったような跡があった。

「……」

フィルズは警戒しながらそちらに回り込んだ。そこに、石の山に隠れるように、誰かが横たわっているのが見えた。足がダラリと投げ出されていたのだ。

ここにいるということは、隣国の者だろう。ドラゴンを怒らせた者のはず。

そっと近付いて覗き込むと、そこにいたのは、二十歳頃の青年だった。魔獣に付けられたのだろう、咬《か》み傷や引っ掻き傷が多い。そして、顔の半分や体や腕など、火傷《やけど》が酷い。まるで、爆発に巻き込まれたようだ。

「まさか、入り口の辺の焦げ跡……爆破したのコイツか？　うわ……生きてる……のか？」

そこに唐突に、リューラと武技《ぶぎ》の神カザンが現れる。リューラが目を丸くしていた。

「まさか、生き残りがいたなんて……結界の狭間《はざま》に嵌まったのね……」

「ああ、だからこの辺、なんか変な感じするのか」

フィルズはカザンに目を向ける。彼が出て来るのは珍しい。

「どうしたんだ？　もしかして、コイツ……カザンの加護を？」

「うむ……」

カザンは申し訳なさそうに、傷付いた表情でその倒れている瀕死《ひんし》の青年へ目を向けた。

その理由をフィルズは察し、ふうとため息に近いものを吐く。

「カザン。あんたのせいじゃないんだろ。それに……コイツがこんな状態でも生きてんのは、あんたの加護のお陰だ」

「……ああ……」

「そうね。私の加護では、先に心が折れてしまったでしょうから」

リューラがそう言い、フィルズは頷く。

「ほらな。だから、そんな顔するなよ」

「……うむ……すまない……」

そんな曖昧なカザンの返事を苦笑しながら聞き、フィルズは青年に近付いていった。

カザンが加護を与えるのは、今ではとても珍しいことだ。その理由は、結果的にその加護の力が絶大だと認識されてしまっているからだった。

「……国によっては、我の加護は呪いだと思う者もいる……」

そのため、カザンは加護を控えるようになった。さすがに公然と呪いだなどと言う者はいないが、国の扱いによっては、そう思わずにはいられない。

加護を持った者は、国によっては徴用《ちょうよう》されるのだ。なぜならば、戦場にその者が立てば、必ず戦果を上げられるほどの才能を持っているから。それが広く世界に知られた認識だった。だが、カザンは戦争を決して推奨《すいしょう》しているわけではない。彼は純粋な武技を認め、愛しているだけだ。

フィルズは青年に神術を施しながら口を開く。酷い状態だが、命の女神であるリューラが近くにいるため、その命がギリギリのところでしっかり守られているのが分かった。

「カザンの場合は、相手の素質を見てるんだろ？　加護があるから強くなるわけじゃないんだから」

「……それは……そうだが……」

「将来の指針にはなるけどな……加護があるなら素質があるって保証されたようなものだし。けど、だからってカザンが悪いんじゃないさ」

「……うむ……」

最初から『才能がある』と保証され、それに打ち込んだなら、その上達速度は当然速く、やっただけ思った通りの結果が出る。それが面白くないはずがない。

成功しないわけがないのだから、それこそが加護の力だと思われるのも仕方がないだろう。だが、実際はカザンが、持って生まれた素質を見て『武技を好きになって欲しい』と願い、身体と精神が丈夫になる加護を少し与えているだけに過ぎなかった。

「カザンは、自分と同じように武技を好きになる人を見守りたいだけだろ？」

「ああ……そうだ……だが……」

「そうだな……」

青年を見る。彼は恐らく、カザンの加護を持っているから、その強さで選ばれ、危険な任務に当たった。そして、間違いなくその実力でここまで来られてしまったのだ。

命の危機は脱したが、怪我を負ってから時間が経ち過ぎた。恐らく数日は経っているのだろう。

「この足は……もうダメかもな……壊死《えし》が始まっている」

「そうね……さすがにこれ以上の回復は見込めないわ」

「っ……我が……もっと気にかけていれば……っ」

カザンがキツく拳を握りしめる。それを見て、フィルズは苦笑する。神とはいっても、フィルズがこれまで付き合って来て分かったのは、彼らがあまり人と変わらないということ。悔しさも、手を出せない歯痒《はがゆ》さも感じているのだ。

「それでも、ほとんど変わらなかっただろうよ。そうだろう？」

「……っ」

「俺や神官達に知らせてたとしても、国が絡んでるんだ。止められたとは思えない。足のことは残念だが……そうだな……こいつが望めば、義足を作ってやるよ。丁度、ここにその資料もあるはずなんだ」

フィルズは立ち上がり、石の山を見上げる。実は、ここに来た動機は、半分以上、その資料を手に入れたいがためだ。ドラゴンのことは二の次だった。

「大丈夫だ。こいつはまだ生きてるんだ。まだ見守れるさ。それに、カザンの加護持ちなんだ。足一本失くしたところで、剣を捨てるような、やわな根性してねえよ。だろ？」

カザンの加護は、強靭な心身。この程度で折れるようなものではない。ニヤリと不敵に笑って見せれば、カザンは泣きそうな顔をしながらも不器用な笑顔を見せた。

「っ、ああ……そうだな」

そこで、青年がゆっくりと目を開けた。

「気付いたか？」

「……っ、こ、ここはっ、ッグっ……ッ」

「ああ、起き上がるのはやめておけ。右足は壊死が始まっていて治せなかったんだ。他は綺麗に治ったんだがな」

青年はしばらく痛みに悶絶していたが、ふっと体の力を抜く。起き上がるのはやめたらしい。背中の部分には少し上体を起こせる高さの石があるので、無理に身を起こそうとしなくてもこちらと目を合わせるのに辛くはないだろう。

しばらく睨むように足を見て意識を集中していたが、次いで腕を上げ、腹の辺りの傷を探って目を丸くする。

「っ、え、怪我がっ……っ」

「腕の切り傷は酷かったが、火傷で止血はできたらしい。それがなかったら、腕も使い物にならなくなっていただろうな」

「火傷っ……そうだ……っ、ここで爆発をっ……」

「やったのはお前で間違いないんだな」

「っ……誰だ……」

ようやく、フィルズの存在を認めたようだ。

「こっちが先に質問してんだ。先に答えろ」

「っ……知ってどうする……」

「別に。どっちにしろ、しばらくこの場で放置だ。先にやることがあるからな」

「っ、放っ……なら答えるつもりはない……」

どちらにしろ放置ならばと思ったのだろう。何より、ここへ来るのにも相当の覚悟をしたはずだ。

「死ぬつもりだったか」

「っ……」

図星だろう。分かりやすく顔色を変えた。

「悪いが、死なせてやるつもりはない。俺がいなくなってから逃げればいいと思っているだろうが、見張りは置いていくからな」

「見張り……こんな所に……」

ここがどこなのかも分かっているし、きちんと頭が働いているようだ。痛みは相当なはずだが、さすが根性あるなと少しフィルズは感心しながら笑った。

「まあ、こんな場所だと、普通ならいつ魔獣達が襲ってくるか分からないし、護衛なんて意味もないだろうが……」

そこで、フィルズが目を向けた人物へ、青年の焦点が合う。

「……なん……だ……？　人……なのか？」

「仮にも加護を貰ってるんだから、知っとけよ」

呆れるフィルズだが、リューラが青年にもしっかり見えるように顕現《けんげん》しながら伝える。

「あら、無理よ。私達の神像、似てないって言ったのあなたじゃない」

「あ、そうだった……近いうちに俺が作ろうか？」

「っ、本当!? お願いするわ!!」

「お、おう……神殿長にも相談しとく……」

ものすごく喜ばれた。

その間、青年は突然現れた美しい女性と体格の良い男性をずっと見つめていた。

「……金の瞳……っ……銀の髪……っ……神……」

「お、さすがに分かったか。あっちが、お前が加護を貰ってる武技の神、カザンだ」

「っ、神……っ」

「……」

カザンの顔に感情は見られない。無表情なまま。だが、フィルズにはその緊張が分かった。

痛いくらいに、カザンは拒絶されることを恐れている。自分の加護のせいで戦地に送られることがあるのだ。誰よりもカザン自身が心を痛めていた。

「……カザン……」

それを感じ取ったフィルズは、グッと奥歯を噛み締めて青年とカザンの間に入り込む。

「おい、お前。答えろ」

「っ……」

フィルズは青年に向かって怒気を放つ。剣を抜かないのが不思議なくらいだ。それを背中からも感じたのだろう。カザンが弱ったような顔でフィルズの背に手を伸ばす。

「フィっ……！」

「答えろ。お前がここに来ることになった理由はなんだ」

「っ……り、理由……っ」

『来た理由』ではなく、『来ることになった理由』を問われるとは思わなかったのだろう。青年はフィルズからの威圧とも相まって、言葉を詰まらせていた。

もし、彼が『カザンの加護』を持っているからだと答えたならば、そのまま彼《か》の国へと攻め込むのも厭《いと》わない。加護を理由にされること。それはフィルズにとって許せることではなかった。

一方、カザンが伸ばした手は、リューラが静かに触れて止めていた。

「任せましょう」

「……」

フィルズが自分のために怒っているのだというのが感じられ、初めて庇《かば》われたことにカザンは戸惑っていた。

動揺するカザンを見て、リューラは羨《うらや》ましげに笑った。

「いいわね～。フィルに怒ってもらえるなんて」

「っ、そっ、そんなっ」

「フィルは剣とか好きだし、一番カザンの加護を喜んでるんだと思うわ。元々が我慢強い子だし、あなたの加護との相性もいいのよね～」

「それはっ……確かに……っ」

カザンは確かに相性がいいと気付いて、かなり喜んだ。隠せないその喜びが、顔に出ていた。

「……カザン……あなた、そんな顔もできるのね」

「っ、わ、悪いかっ」

「いいえ～。普段からそういう顔してればいいのに」

「……っ」

照れるカザン。武技の神だけあり、体はしっかりと鍛え上げられたものだ。あまり感情を表に出すことがなく、神々の間でも常に何を考えているか分からないと思われている。大体むすっとした顔をしているのだ。だからそんなカザンの表情の変化が、リューラには珍しくて仕方がなかった。

落ち着かない様子のカザンの傍に、ビズが近付いて頭を下げた。

「あら」

「……確か……ビズ……」

《ヒヒィイン》

「っ……」
「あなたに感謝をって……良かったわね」
「……感謝……」
そうして想いを伝えられたことなど、カザンにはない。神と接触できる教会関係の者で、カザンの加護を持っている者は本当に稀《まれ》だ。よって、こうして向き合ってくれる者もほとんどいなかった。
《ワフワフっ》
《クンっ、クゥウンっ》
《キュンっ》
守護獣達には、少なからずカザンは加護を与えていた。そんな中でも、ビズだけでなくエン達には強めの加護を与えている。それを、彼らは感じ取ったのだろう。
「……っ」
《ヒヒィイン……ブルルっ》
「あらあら、それ本当～？　羨ましいわねカザン。フィルったら、そんなこと一言も言わないんだから」
「っ……我を……っ、父や兄のように思って……っ」
《ブルル》
「フィルが……っ」

カザンはごくたまに、夜、フィルズが剣を振っている時に現れてはアドバイスをしていた。

そんなカザンを、フィルズは父親か頼りになる兄のように思っているのだと言っていたとビズから聞かされて、カザンは顔を熱くしていた。

「フィルが父親って認めるのって中々難しそうだもの。いいわね……私もお母さんとか、お姉ちゃんってフィルに思われたいわ」

「お姉……っ」

「何？」

「いいえ……」

そんな二神の会話などフィルズには聞こえていない。

威圧される息苦しさに、青年はポツポツと答え出していた。

「理由……理由は……俺が……リフタールの息子だからだ」

「リフタールの息子……それが理由だと？」

「ああ……ここで何かを発見して功績を上げれば、俺は父さんの息子として国に認められる……」

国に徴用されることは、この世界の人々にとっては名誉なのだ。力を示せる戦いの場は、国同士の戦争だけではない。魔獣や魔物の討伐なども、日常的に必要とされている。

カザンの加護を持った者達は、それだけで力を保証され、国が日々の鍛錬の場も提供する。試験を受けなくても国に兵として入ることができる。それは生活を保証されたも同然だ。待遇も他の兵達よりも格段に良い。だから、ほとんどの者は喜んで国に仕える。

兵士として、騎士としての生き方に疑問を抱いたりもしない。ただし、加護があるからと、国はその力を過大評価し、無茶な戦いに投入されたりする。それが傍《はた》から見ている者達からすれば、不《ふ》憫《びん》に思えるのだ。

カザンが気にしているのもそこだった。

中には家族を持つことで、自分の立つ場所の危うさを知る者もいる。家族からすれば、不憫な立場として見えてしまうのだから当たり前だろう。

この青年もそうなのだ。

「もし、ここから帰れなかったら……父さんは母さんを思い出してくれる……一人にしたくないはずだから……そうしたら母さんだって、もう泣かなくていい……っ」

「……」

フィルズは真剣な顔で青年を見つめる。そして、威圧を解いた。だが、青年は続けていた。聞いてもいないのに、色々と話してくれる。

「……別に、最初から死ぬつもりだったんじゃない。ここに、ドラゴンがいるっていうのは……俺は信じてないけど、鉱脈がある可能性はある……遺跡があるなら、かつての賢者の遺物もあるかもしれないっ」

「……」

実際に来てみたら、遺跡らしきものがあった。だから、賢者の遺物の存在も信憑性が高まる。

「ドラゴン、鉱脈、賢者の遺物……どれか一つでもあると証明できたら、功績として認められるっ。国から……父さんを解放できるんだ！　俺が代わりにっ。父さんと同じ、武技の神の加護を持ってる俺ならっ、代わりになれるはずなんだ！」

「……」

青年とその父は、二人ともカザンの加護を貰っているようだった。

加護を受けた者が過大評価されるのは、老いても変わらない。それが問題だった。

武技の神の加護を持った者は、戦場で死ぬ。それは本人達にとっては誇らしいことなのだろう。

だが、家族からしたら、たまったものではない。早く引退して、穏やかな老後を、と家族や友人達は考える。この青年も自分の父親にそれを望んでいるのだろう。

そこまで聞いて、フィルズはようやく納得するように手を打った。

「ああ、リフタールってそこの砦にいる将軍の名前だっ。お前、将軍の息子？」

「あ、ああ……」

自分を偉大な父親の代わりとして、国に認めさせるのは難しいだろう。

一方、ガラリと雰囲気《ふんいき》の変わったフィルズに青年は戸惑う。そんなこととは知らず、フィルズは質問を続けた。

「へえっ。で、今の話の感じだと、国から父親を解放したいって感じ？」

「……そうだ……」

「じゃあ、カザンに対して言いたいことは？」

「え……ありがとうございます？」

「戦うの好きか？」

「ああ……けど……もう……」

青年は足を見て、痛みに顔を顰《しか》める。

「それは義足を用意してやるから、そう心配することねえよ。よし、カザンっ。聞いてた？」

「っ、あ、ああ……」

「ありがとうってさ」

フィルズは、先ほどの怒気をどこへやったのかと不思議になるほど、嬉しそうに笑ってカザンを振り返った。

「ほらな？　やっぱ、カザンの加護を恨む奴なんていないって。悪いのは、利用するだけして、使い潰そうとする国だからさ～」

「そう……か……」

「そうだよ。あ、そんでだけど、コイツの足切っといてくれる？　俺、先に中で挨拶してくるわ」

「ああ……ん!?　あ、足を切る!?」

普通に返事をしたカザンだが、足を切ると聞いて目を剥く。

これにフィルズは爽やかな笑顔で答える。

「おう。綺麗にスパッと頼むわ。そろそろ止血も良いと思うからさ」

青年の右足には、キツく縛《しば》られた紐《ひも》がある。壊死した部分の上だ。切る必要があるからと、フィルズがそこで血を止めていたのだ。

「リューラがいるから、戦場でやるようなことにはならないだろ？」

「ええ。もちろんよ。悪いものが入らないようにして、止血をしておけばいいわよね。包帯は？」

「これで。よろしく」

「はいは〜い」

「「……え……」」

リューラは、いつでもどうぞというように、フィルズが用意した布や包帯を手に、笑顔で青年に向かう。しかし、青年とカザンは動揺を隠せなかった。

「まあ、半分冗談だよ。どっちみちやらないとダメだけど。俺が後でやってもいい。ちょい話でもして気を紛らわせながら待っててくれ。リューラも、この辺にいる分には、問題なさそうだし」

リューラは主神リザフトと同じように、纏っている神力が強く、人間の世界に顕現しているのはあまり良くない。しかし、結界の性質によっては、その神力を少し抑えられるのだ。

この場には他に人もいないので、少しばかり長く顕現していても影響はそれほどないだろう。

「ええ。中途半端に結界も残ってるみたいだから大丈夫よ。待ってるわ」

「ん。そんじゃ行ってくる」

「そっちはお願いね」

「おう」

ビズやエン達も連れて、フィルズは遺跡の中に足を踏み入れた。


遺跡の中に入っていく。通路は、綺麗なものだ。石で出来た通路は、ジメジメするでもなく、フィルズには見慣れた気がするコンクリートの壁、天井、床。

「『地下鉄の通路』……」

無意識に出て来たその言葉は多分日本語。高い天井の端や床の端に、間接照明のように淡い光が灯っている。

「なるほど……人工物ってわけか……」

高さも充分で、通路の幅は、ビズと並んでも余裕があった。

《キュン！》

「ん？　ああ。ここ、扉がありそうだな」

《キュンッ》

あることに気付いたハナが、ビズの背中に付けてある籠の中から身を乗り出す。石の壁には、いくつか扉があるようなのだ。ただし、見た感じはそう見えないよう隠されている。コンクリートの壁の通路を知らないこの世界の人達なら、特に気付けないだろう。

「開けるのは……持ち主に聞いてからにしよう。沢山隠し部屋がありそうだな」

《キャン、キュン！》

開けたくて仕方がないらしいハナ。そんなハナの頭を撫でて落ち着かせながら、その扉のありそうな場所を意識的に覚えておく。

ここは、賢者の研究所のような気がしている。だから、もちろん不用意に開けるのは良くないだろう。

五分ほど階段を登ったり降りたりした頃。恐らく、場所的には山の中腹辺り。ここまで、ほぼ一本道だった。

そこには、大きな扉があった。五メートルはあるだろう。装飾《そうしょく》も見事なアーチ型の扉だ。

「これは……押して開けられる大きさじゃないだろ……」

さて、どうやって開けるかと考え出して、そういえばと思い至る。

「……先行したセクターとプルファはどうやって入ったんだ？」

先にドラゴンと接触しているはずのウサギとクマはどうやって入ったのかと、巨大な扉を見上げて考えていれば、フィルズの目にこの世界では見慣れない文字が飛び込んできた。

「んん!?　日本語と英語……？」

少しばかり上だ。小柄なフィルズがジャンプして届くかどうか。

扉の取っ手があるべき場所に、模様と同化したように、それはあった。

「『自動　ＰＵＳＨ　押してください』って……自動ドアのやつじゃん……まあ、さっきまでの隠し扉も、なんかのセンサーで開けるやつっぽかったしな……ビズ、ちょっと乗せてくれ。扉に対して横向きに、いいか？」

《ブルル》

体高のあるビズに乗れば、余裕で届く。

そして、そこを押した。


カコっ。

グググ……カラカラ……ギギっ……

扉が奥に向かって開いていく。
「横にスライドするかと思ったのにカラクリに近いのか……すごいな……っ、かっこいいっ」
《ワフワフ！》
《クゥウン！》
《キュン、キュン！》
「お前らもそう思うかっ」

エン達も大興奮だ。

フィルズもビズに乗ったまま、扉を潜《くぐ》った。その部屋には青々とした植物が茂《しげ》っていた。森と言うにはさっぱりしており、庭というには荒々しい。そして、とても明るかった。

「……温室……みたいだ……それに……先が見えない……？　天井が……空？　映像か？」

太陽はないが、昼間の明るさだった。風もどこかから吹いている。

「……川があって、橋があるとか……いいな……ここ」

修学旅行で見た赤い眼鏡橋《めがねばし》と同じような橋だという感想が湧いてきた。その橋の向こうに、黒に近い灰色クマのプルファと黒の隠密《おんみつ》ウサギのセクターが姿を現した。

《あるじさまっ。こっちでしゅ》

《このさきまでおいでください》

「プルファとセクターか。分かった」

橋を渡り、木々の間にある散歩道らしき場所をしばらく歩くと、そこに、大きなドラゴンが丸まっていたのだ。

白い真珠《しんじゅ》のような、角度によって淡い色を見せる肌は硬い鱗《うろこ》ではなく、何だかモコモコとした毛皮っぽく見える。翼は皮膜《ひまく》ではなく、こちらも鳥のようなふわふわとしたものだ。

頭には鹿《しか》の角《つの》のような枝分かれした立派な角があり、胴が少し長めだった。それが猫の子のように丸まっている。

「なんだろ……西洋と東洋のドラゴンが混ざったような……鳥っぽい変わったドラゴンだな……けど、確か……絵とかもこんなだった……下手くそな絵だと思ってたけど、正しかったのか……」

ドラゴンのことが書かれた書物に、挿し絵として描かれていた姿は、確かにコレだと納得する。絵が下手なのではなかったらしいと、少し衝撃を受けた。

そのドラゴンが目を開ける。とても綺麗な、澄《す》んだアメジストのような色の大きな目。真ん中の猫のような縦になる鋭い瞳孔《どうこう》がこちらを捉えた。

「『こんにちは』」

《っ!!》

フィルズが意識して日本語で告げれば、ドラゴンは目を大きく開けて、少しだけ顔を上げた。

「『俺は冒険者のフィル。俺の魂は、賢者達と同じ場所を知っている』」

《……驚いた……間違いなくその言葉は、賢者達の母国語……聞くのは何百年振りか……》

今度は懐かしそうに目を細め、再び頭を下げて組んでいた腕に乗せる。警戒はされていないのが分かった。

「『神からあんたを看取るように言われた。ついでに、賢者の残した資料を回収する』」

《なるほど……こちらからも頼みたい。可能ならば、ここにあるものを全て持って行って欲しい……他の者に荒らされるのは許せんのだ……》

「『だから、威嚇を？』」

侵入しようとした者達の気配を感じて、それを退けるために威嚇したのだろうと予想した。だが、それだけではなかったようだ。

《……眠りを邪魔されたことも気に入らなんだ……人を近付けぬためだ……何年経っても、人の欲深な本質は変わらん……》

「『欲しがりなのは賢者も同じじゃないか？　欲しいから色々作ったはずだ。俺もそうだし』」

《作る側であって、奪う側ではなかろう……確かに、食や便利な物への渇望《かつぼう》は異常なものがあったが……お前もか……》

「『うん。まあ、性格もあるけどな。俺はそれ、特に強い方ってことで神に見込まれた感じ』」

《……それは相当か……うむ……》

その眼から、呆れの感情が少し入っているのを感じた。かつての賢者達も、相当欲しがりだったのだろう。この世界の者では考えられないほどに。

何かを考えるように、しばらくフィルズを真っ直ぐ見つめていたドラゴンは、再びゆっくりと頭を持ち上げ、身を起こし、立ち上がった。

《看取ってくれると言ったな》

「『ああ。神からも言われたし。泣いた方が雰囲気出るか？　それっぽくするか？　俺、演技得意な方だから、要望があったら言ってよ』」

《……いや……演技で悲しまれても……微妙》

「『やっぱり？　入って来る時から神妙な顔をしてたら良かったなあ。悪い』」

《いや、だからそれも微妙……よし、決めた》

「ん？」

何かを決意したらしいドラゴンは、翼を広げる。その翼は光を放ち、実際の翼よりも光だけが大きく広がった。そして、その翼で自身の大きな体を包んでしまう。

「え？　これっ……こんな急に⁉」

《ブルル……》

《ワフワフ？》

《クゥウン？》

《キュンっ？》

フィルズと同じように、ビズやエン達も戸惑う。急展開過ぎる。

光に包まれ、丸くなっていくドラゴン。それが、どんどん圧縮されて小さくなっていく。眩しさに目を細めながら、フィルズは疑問を口にする。

「生まれ変わるって……こういうことかよ……」

そして、小さく、小さくなり、真っ白な真珠色のタマゴになった。

「っ……」

久し振りに何かに呼ばれているような感覚に襲われ、その気持ち悪さに仕方なく歩み寄る。

巣となっていた場所にあったのは、フィルズの足の脛《すね》くらいの高さのタマゴだった。そっと持ち上げてみる。

「……意外と軽っ……三キロあるかどうか……ってところか……っ」

その時、触れている手から不意に魔力を吸い出された。

「ちょっ、び、びっくりするだろ！」

思わず落とすところだった。それを何とか堪《こら》えた感じだ。これに、返ってくる反応があった。

《……、〜〜……》

「は？　守護者？　俺が？」

《〜……、……》

よろしくと軽くお願いされたのだ。

そう言われても困ってしまう。神に頼まれたのは看取ることだ。それほど時間もかからない予定だった。生まれ変わると聞いてはいたが、タマゴになるとは思ってもみなかった。

「……タマゴだよな……これ、時間かかるんじゃ……」

成体がそのまま小さくなるような、そんな生まれ変わり方を予想していたフィルズは、かなり戸惑っている。この後も氾濫の対応があるのだ。持って歩くことはできないという事情もあった。

「ずっと抱えてるとか……俺には無理そうなんだが……」

そう口にした次の瞬間。フィルズの想いを汲《く》んだように、タマゴがコトコトと音を立てて揺れ出した。
「っ、うおっ、生まれるのか⁉」
動き出したタマゴをそっと下に置いて、膝を突く。ビズの背中からエン達も降りてきて、フィルズの足下に並んで興味津々だ。ビズも顔を近付けてくる。彼らがこれだけ近付いているのだ。問題は起きそうにない。
《ブルル……》
《ワフゥ～》
《クゥ～》
《キュン？》
フィルズはこの際だと腰を下ろし、胡座《あぐら》をかいてタマゴを見つめた。その足の上に毛玉三匹がコロコロと乗ってくるのを重さで感じながら、タマゴを見つめる。
やがて、コツコツ、カツカツ、カタカタと音を出して、タマゴが割れていく。

カリッ、カリッ！

そこから顔を出したのは、間違いなく先ほどのドラゴンを小さくしたような姿。鹿の角のようだったものは、幼くなったことで、親指の先くらいのものがちょこんと出ている。

小さな翼は天使の羽のよう。胴体は長めで手足が短い。猫の子のようだ。
《キャワゥっ》
一声鳴いて、クリクリとした紫の瞳が真っ直ぐにフィルズを見た。
「っ……お疲れって言えばいいのか？　生まれ変わりは成功か？」
《クキュゥっ》
その鳴き声の内容は、フィルズには受け入れ難かった。
「……え？　いや……ハハって……母？」
《クキュゥっ》
鳴き声からは、ママとか母というイメージが伝わってくるのだ。
「待て待て、記憶を保持したまま肉体だけ作り直すって聞いたんだが？　ってか母ってっ……」
《キャウ？》
首を傾げられても可愛いだけだ。
「……いやいや、可愛いけど……困るんだが？　このまま置いてっていいのか？　誰かっ、ちょっと、降りてこい！」
初めて神の降臨《こうりん》を願った。
《キュン、キュン！》
突然ハナが任せろっと凛々しく鳴いて、フィルズの足の上から退《ど》くと、入ってきた扉の方を向いて結界を張った。この部屋全てを覆うのは範囲的に無理そうだが、フィルズ達を中心とした一帯がハナの結界で囲われる。

「え？　ハナ？　あっ、助かる」

どうやらハナは何かを感じたらしい。そしてフィルズの斜め後ろ、つまりハナの前に、この世界の最高神であるリザフトが顕現した。

「はいは～い。ありがとね。ハナちゃんっ」

《キュン、キャン！》

ハナの結界は特殊で、神気も外に出さない仕様だ。リザフトが地上に顕現すると、神官の中にはその気配を感じ取れてしまい大騒ぎする者がいるらしい。それを避けるためにも、リザフトが顕現するには、ハナの結界が必要不可欠だった。

リザフトは身を屈《かが》めてハナの頭をわしゃわしゃと撫で、フィルズの方に歩いてきた。

「で？　どしたの？」

楽しそうにふざけた様子で問いかけ、首を傾げて見せるリザフト。

「えっ、説明要る？」

「要る」

事情の説明が一応必要らしい。神だからといってずっと見ているわけではないようだ。

「はあ……このドラゴンなんだけど、生まれ変わっても、記憶はそのままなんじゃないのか!?　肉体の交換だろ⁉」

《クキュゥ》

「あ〜……ああ」

リザフトは、屈み込んでドラゴンとジッと見つめ合い、何かを読み取ったらしい。

「成長するにつれて、少しずつ思い出すようにしたみたい。でも、人で言うと今は……ちょっと賢い三歳児くらいだね。それでさ、外に出たいんだって。この子達みたいに、君と一緒にいたいみたい」

「……エン達みたいに……？」

どうやら、フィルズを信頼し、一緒にいるエン達を見て決めたようだ。尻尾をフリフリとご機嫌に振るエン達を、一度振り返って確認する。

「うん。今の外を……人を、世界を見たいんだってさ。賢者とも約束してたみたいだ。いつか、守護者として認められる者が現れたら、ここを出て世界を見るって」

《クキュゥ》

ドラゴンはパタパタと、小さな翼を羽ばたかせてフィルズの傍まで来て、顔の高さまで浮き上がる。

「……連れてけってことか？」

《クキュゥ！》

その通りだとの答えが伝わって来た。

「いいと思うよ。それにこの子は、眠ってる子達と意識を繋ぐこともできるんだ」

「……じゃあ、こいつの見たものを、他のドラゴンも知れるってわけか……」

「そういうことっ。もし……この子が外で楽しそうにしてたら……他の子達も目覚めたいって思うかもしれない……僕も見せたかったんだ。あの子達や、この子が創ってくれた世界がどうなったのか……」

「……」

リザフトはこの世界を創ることに貢献してくれたドラゴン達に申し訳なさを感じていたようだ。世界を創るためとはいえ、それだけさせて創った大陸を人々に奪われたようなものになってしまった。『神の代行者』、『大地の創造者』であるドラゴンと人の共存は難しく、争い事を嫌うドラゴン達は、姿を消すしかなかった。

けれど、本当は同じ世界に生きるものとして、ドラゴンにも自由に世界をその翼で飛び回って欲しかったのだ。

リザフトにまでドラゴンを連れて行って欲しいと言われては、このままここに置いてお別れなんてことはできない。

「分かった……じゃあ、一緒に行くか」

《クキュウ！》

だが、問題がある。

「とは言っても……ドラゴンだし……なあ、リザフト、コイツに似た生き物って何だと思う？」

「ん？　何で？」

「いや……さすがに『コイツ何？』って聞かれた時に、ドラゴンだって答えるのは問題あるだろ……伝説の存在だぞ？」

いくらフィルズがビズやエン達と共にいて、今のところ問題がないとはいえ、いつエン達も狙われるか分からないのだ。そこに、珍しいドラゴン。目につくのは仕方ないにしても、何とか少しでも珍しさを減らしたい。

「……確かに……ドラゴン、それも幼獣《ようじゅう》だもんね……」

「だよ……図体がでかくなれば、そうそう手を出そうなんて考えないだろうが、小さいからな……」

人は、自分よりも遥かに大きな相手には、中々手を出そうとは思わないものだ。だが、今のドラゴンやエン達はとても小さい。子どもでも抱えられる大きさだ。連れ去ろうと考える者も出て来るだろう。

「だからって、大きくなったのを連れ歩く気はないからな？」

《クキュ！》

ドラゴン曰《いわ》く、まだ大きくならないとのことだ。話が通じるのは有り難い。

それまで、顎《あご》を撫でながらドラゴンを見つめて考え込んでいたリザフトが、ようやく頷いた。

「それなら、グリフォンの亜種ってことにすればいいよ」

「グリフォン……まあ、羽も鳥みたいな感じだしな。ただ、顔は爬虫類《はちゅうるい》っぽいんだが……大丈夫か？　嘴《くちばし》はないぞ？」

「亜種だしってことで」

亜種という言葉を便利に使い過ぎているような気もするが、神が言っているのだ。まあいいだろうと納得するしかない。

「……要は誤魔化せと……分かった。ドラゴンってのは内緒な？　俺の身内には話すかもしれんが……お前はこれから大きくなるまでグリフォンの亜種ってことでよろしくな！」

《クキュっ……クエ～っっっ》

「……いや、無理に鳴き声変えようとしなくていいから……」

《クフッ……クキュゥ……》

フィルズは呆れながら、無理に鳴き声を変えたことでむせるドラゴンの背中を撫でてやった。少しお調子者っぽい気配がする。

「で？　フィル君。名前どうするの？」

「え？　名前……？　ないのか？」

《クキュフゥ～》

えへへと笑うような様子で、前足をトントンと合わせて身を捩《よじ》る。照れているようだ。

「……賢者は付けなかったのか？」
《クキュゥ！》
要らないと言った気がする、との答えが返って来た。
「……じゃあ要らなくね？」
《クキュゥ!!　キュゥゥ！》
「いや、確かにビズやエン達には俺が付けたけど……要らないんじゃないのか？　付けたがりな賢者もいただろ」
《キュフっ》
「趣味が合わなかったって……」
《クキュ！》
賢者はフィルズが言った通り、名付けたがりだったらしいが、その名前は気に入らなかったらしい。すると、それをリザフトも思い出したようだ。
「ぷっ。そうそう！　最後まで決まらなかったんだよねっ。まあ、ここで二人で過ごしてたし、『なあ』とか『おい』とか呼んでても問題なかったんだよ」
「二人暮らしならそうなるか……けど、名前なあ……ちょい考えるわ。とりあえず、ここにある荷物の回収、始めていいか？」
名前を考えるのに時間がかかりそうなので、作業しながらやりたいと提案する。リザフトも頷いた。

「そうだね。ごっそり全部持って行ってもらう必要があるから。あっ、手伝うよ」

「おう。義手とかの資料あったら教えてくれ。とりあえず、マジックバッグとボックス、あるだけ全部出すわ」

「はいは〜い。ハナちゃん、僕と一緒にお願いね」

《キュンっ》

リザフトは結界を張ってくれるハナを連れて回収に向かう。本気で手伝ってくれるようだ。

賢者の残した資料と遺品。それと、ドラゴンがいることで出来てしまった鉱石も、全て回収するか、一時的に封印する必要がある。

「案内してくれるか？」

《クキュゥ！》

丸っと回収して引っ越すようなもの。ビズやエン、ギンもバッグやボックスを器用に頭や背に乗せる。

ビズにはクマのプルファが付き、エンとギンには隠密ウサギのセクターが付いた。

全員で回収作業を開始した。


元々、ドラゴンのことがなくても、遺跡がここにあるとリザフト達から聞いていたフィルズは、遅かれ早かれクマかウサギを送る気でいた。

よって、フィルズが欲しがっている『義手・義足』の資料をクマやウサギが探せるよう、古代語で該当《がいとう》しそうな言葉を覚えさせていたのだ。

だから、こうして分かれて回収作業に当たっても、きちんと捜索ができるはずだ。

因みに、ドラゴンはそれぞれの部屋の扉を開けるキーを持って施設内を飛び回っている。

回収作業を始めて三十分ほどが過ぎた頃。リザフトがハナを抱きかかえながら、フィルズが一人で作業をしている部屋に顔を覗かせた。

「ねえ、フィル君。お客さんが来たみたいなんだけど」

「客？　ここに？　入り口にリューラとカザンがいるはずなんだが？」

二人が余計な客を通すはずがない。その上、ここは人が立ち入れない森の最奥《さいおう》だ。一体誰がと疑問を抱きながらフィルズは手を止め、顔を顰める。

「あはは……その……引きこもってたのが出て来たみたい」

「……っ、まさかっ」

フィルズは思わず喜びと驚きの声を上げる。思いがけず大きな声が出たなと自覚して、少し顔を赤らめる。

その反応を見て、リザフトは面白くなさそうだ。口を尖《とが》らせ、ハナの頭に顎をつける。

「ご想像の通り〜。ゼセラとフーマだよ。外にいた怪我人？　を連れてここにある治療室《ちりょうしつ》に来るってさっ」

薬神《やくしん》のゼセラと医術神《いじゅつしん》のフーマ。かつては十神に数えられていた彼らは、薬学や医学が思うように人々の中で根付かず、少々失望していた。

医療の発展にはお金と時間が必要になる。だからといって、貴族に任せれば、臣民《しんみん》まで手が回らない。民に任せれば、権力に屈し、貧しい暮らしで首が回らなくなる。

どうにも上手くいかないことで力不足を感じ、彼らは眷属神《けんぞくしん》に下った。そして、そのまま賢者の残した地上の遺跡のどこかに閉じこもって、研究生活を送っていたらしい。

「怪我人って、あの兄ちゃんか。カザンに、できれば足を切るように言っておいたんだが」

「足を切る⁉」

「いや、壊死してるから。だから、義足の資料探してんだよ」

「ああ、なるほど……んん？」

リザフトは宙にある何かを読み取るように、目線を上の方に投げる。

「その子、隣の国の子じゃない？　それも、今回の件の当事者っていうか、犯人」

どこからか情報を読み取ったようだ。

フィルズは治療室に向かおうと、部屋の入り口にいるリザフトと並ぶ。

「そうだ。だから、責任を取ってもらう必要があるし。義足の件を使って、上手いこと将軍だっていう奴の父親ごと引き抜けないかな〜って」

「フィル君……その悪い顔、いい！」

ニヤリと笑った悪巧《わるだく》みするフィルズの横顔を見て、リザフトは少しときめいていた。

「おっと、緩んじまったぜ。人の不幸を利用するなんて、悪人っぽいよな〜」

フィルズは思わず緩んでしまっていた頬をグイグイと手で揉みほぐし、いつもの顔に戻す。

「ま、ってわけで、利用価値があるんだ。治療してもらえるなら有り難い」

そうして、リザフトと連れ立って、治療室らしき部屋の前にやって来た。

「もう中にいるみたいだな」

「……フィル君。入るの、ちょっと待とう。なんか悲鳴と笑い声が……」

部屋の扉越しに、くぐもった呻《うめ》き声のような悲鳴と、マッドな実験でもやっているのか、一定の音量と息継ぎの『ククク』『ヒヒヒ』という声が聞こえてくる。

すると、部屋からリューラとカザンが、何かに耐えかねたような顔と必死さで飛び出してくる。

「おっと」

「っ、あっ」

フィルズは思わずリューラを抱き止める。

「っ、ご、ごめんなさいね」

「いや、どうしたんだ？」

リューラが体勢を正し、息を整えるように胸に手を当てながら息を吐く。

「う、うん。さすがに切るところは見たくなくて……」

「……我も……申し訳ない……」

二人はかなり動揺していた。どうもゼセラとフーマが青年の足を切るタイミングだったようだ。

カザンとしては、フィルズからお願いされていたというのに、結局できなかったことを情けなく思っているようだ。落ち込んだ様子に見える。

そんなカザンの腕を強めに叩く。

「気にすんな。できればって言っただろ。その道のプロがやるなら、安心だしな」

そう言って、再び閉じられた部屋の扉を見つめる。

「医術神なら、慣れてるはずだからな。綺麗にスパッとできることを信じよう」

「……ええ……斧《おの》でしたけど……」

「……斧だったな……」

「ん？　え？　斧？」

「斧です……」

「斧だった……」

間違いないようだ。斧で切り落とそうとしていたらしい。

「……それは……怖いわ……」

微かに漏れ聞こえてくる笑い声も怖い。

リューラとカザンは、怪我人や久し振りに会ったゼセラとフーマが気になるとのことで、このままここに残るらしい。

ただ、呻き声や笑い声が聞こえる扉の前で待っているのは嫌とのことで、二人には、フィルズに代わって回収作業に向かってもらった。

リザフトが得意げに庭でのことを話し、ハナを自慢しながら、二人を連れて廊下の奥へと消えて行った。

フィルズは何もせずに待っているのもどうかと思い、治療室の隣にある部屋を見てみたいなと考えていれば、ドラゴンが鍵を開けに来てくれた。

治療室は何も置いていなかったため、開け放たれていたのだ。重要なのは、鍵のかかっている部屋だった。

《クキュ～ウ》

「お、助かった。ここ、開けてくれるか？」

《クキュゥ！》

ドラゴンが首に下げている小さなタッチ式のセンサーの入った四角い小さなプレートを扉に近付けると、自動ドアのように横にスライドして開くのだ。

因みに、鍵が開いていれば、近付くだけで開く。人感センサー付きらしい。これの資料もないかと期待している。部屋に一歩入って、フィルズは目を見開く。

「っ、ここだ！」

その部屋には、作りかけの義手や義足がいくつか壁にぶら下がっていたのだ。

「資料は……っ、あった！」

壁際の小さな机の上に、その探していた資料があった。

パラパラとめくると、間違いなく『日本語』で書かれたものだ。そして、その紙の間に、封筒《ふうとう》に入った手紙があった。

「手紙……『いつか現れる神の愛し子へ』……っ」

封筒に書かれていた宛名《あてな》、つまり、それはフィルズに宛てたものだった。

「っ、俺宛て……ってことなのか？」

そこに書かれていたのは、遺書《いしょ》に近いもの。とにかく全部持って行って欲しいということだった。

「……この世界の人が嫌いだったんだな……」

ここにいたのは、一組の男女。親子のように、かなり親しい間柄《あいだがら》だったらしい。

歳の差は二回り違ったと書かれていた。賢者が同じ時代に存在するのは、かなり珍しい。

まだその頃は教会の力が弱かったのだろう。賢者ということで、権力者から狙われ、手に入らないならと始末されそうになり、二人でここに辿り着いたようだ。

「男の方が……元設計師……女の方が元リハビリ専門医か」

お互い協力し合い、多くの発明をした。賢者としての知識と、加護による高い能力が、この場所と人里との移動を可能にした。

しかし、男性の方は年齢のこともあって早くに亡くなり、そうして悲しみに暮れているところで、女性はこの山に眠っていたドラゴンと出会った。

そこから、ドラゴンとの二人暮らし。

《クゥルゥ》

「ん？　ああ、お前との出会いも書かれてる。最初、お前を男の生まれ変わりだと思ってたみたいだな」

《クキュゥ……》

しばらくはそのまま、その男性の名前でドラゴンを呼んでいた女性。彼女は、少しおかしくなっていたのだろう。

「彼女にとっては……ここはいつまでも異世界だったんだな……」

自分の世界だと思えなかったのだ。それを理解し、支えてくれた父とも兄とも思える人を亡くして、正気でいられるはずもなかった。

彼女は戦争孤児で、生き抜くために、自分を男と偽《いつわ》って長く過ごして来たため、少し乱暴な仕草や言葉遣いをしていたらしい。だから、一緒に暮らしていた男が自分を女性として接してくれることも嬉しかったとあった。

彼女にとって、その男は、本当に特別な存在だったのだろう。

それから、ドラゴンが説明したこともあり、男の生まれ変わりではないと理解した女性は、更に義手や義足を研究し、それにのめり込んで行った。

時折、人里に降りて、教会に保護されていた手足の欠損を抱えた者達をそれで助けていたようだ。

しかしこれに、当然、また権力者達が食いついた。

「……これは……嫌いになるな……」

それからは、ここに籠り、手慰《てなぐさ》みに研究を続けながら、ドラゴンのための庭を作るなど、二人暮らしを静かに続けていたようだ。

「この世界の人々の手に渡るのは嫌と……なるほど。けど、役に立てたかったんだろうな……」

ここにある研究は、熱意がなければ続けられないだろう。助けたいという想いは、あったはずだ。

恐らく、自分一人ではダメだと諦め、こうして、フィルズに託《たく》したのだ。

この世界の人が嫌いとは言っていても、いつか、この技術が人々を助けられるものになるように願っていたことだろう。

「……なあ、この人の墓《はか》は？」

《クキュウ……》

「外？　男のもか？」

《クキュウ……キュウ！》

二人の墓はこの建物の外、森の中にあるらしい。とはいえ、ドラゴンは女に聞いただけで、実際に行ったことはないという。

女はある日、もう最期だからあの人の傍で眠ると言い残し、鍵を預けて出て行ったという。

「そうか……分かった。探してみるよ」

きっと、男の墓の傍で朽《く》ちたのだろう。そんな予感がした。

「よし、まずは回収だ」

女が願ったように、これを世界に広めるのだ。

「で？　どんな名前候補があったんだ？」

《クキュゥ……》

改めて問いかけたフィルズに、ドラゴンは静かに目を逸らした。

フィルズは忙《せわ》しなく資料などを回収しながら、ドラゴンに話しかける。

「ドラゴンだし、ドラとか、リュウとか？」

《っ、クっ、クキュゥウゥ……》

「おっ、やっぱりか。タマとかもあったか？」

《……クキュ……》

あったらしい。こうなると面白くなってくる。

改めて見た目を確認すると、やはり東洋のドラゴンにも見えなくはない。ならば、これもあるだろうと口にする。

「後は……神龍《しんりゅう》……いや、神龍《シェンロン》とか」

《グゥウ……》

それもあった気がすると、ドラゴンは言い当てられて悔しそうだ。

「でも、それも嫌だったんだろ？　俺でも同じような候補を出すぞ」

《クキュっ、キュフ！》

「何か他にって……」

他にか、と考えながら、床に置いてある大きな木の箱の蓋《ふた》を開ける。小さめの衣装ケースくらいの大きさがあった。

そして、中を見て、部屋にあるライトのような光を反射するそれらに目を細め、半歩下がった。

「うおっ、この箱、えらい宝石ばっかだな……」

《クキュ！》

「ん？　お前の宝箱なのか？」

《クキュ～ゥ》

そうなの、と照れるように身を捩って、ドラゴンはその宝石箱の中に嬉々として転がり込んだ。

カットは揃っていないが、様々な色の磨《みが》かれた石は、それなりに美しい。

これを見て、フィルズは思いつく。

「宝石の名前もいいよな～。宝珠《ほうじゅ》とか？　ダイヤ、パールとかはどうだ？」
ドラゴンの体にある鱗というか、羽毛で覆われたような体の色は、真珠のように美しく色を変える。そこから名付けてもいいかもしれないと思ったのだ。
《クキュゥ！》
「いや、もう一声って……」
《クキュゥゥゥ！》
ドラゴンからは、もうちょっと近くていいやつという、訳の分からないリクエストがくる。そこで、フィルズも苦笑しながら捻り出したのがこれだ。
「なら、宝石って意味でジュエルとか？　単純過ぎか」
《ッ、ク、クキュゥ♪》
「え、いいのか？　マジで？」
《クキュフゥ～♪》
「マジか……まあ、いいならいいが」
深く考えないことにした。
「分かった。なら、お前はこれからジュエルだ。よろしくな」
《クキュゥ!!》
どうやら、本当にお気に召したらしい。

その時、隣の部屋と繋がっているらしいドアが開く。このドアは、普通の取っ手もついているドアだった。

ドアを開けたのは、若干曲がった腰の後ろを片手で支えるようにして立つ、七十代頃のお爺《じい》さんだ。

「おっ。やっぱりここにおったか。お前さんがフィルだなっ」

ニカっと輝くような笑顔を向けられ、フィルズは咄嗟にどう反応しようか迷った。

「あ～……加護くれたんだっけ」

「おうっ。ワシは、医術神のフーマだ。よろしくなっ」

「あ、はい」

「ははは。そう気負う必要はねえよ？　爺ちゃんだと思ってくれや」

「爺ちゃん……分かった。フーマ爺だな」

「それでええっ」

この神も他の神と同じだなと感じ、すぐに対応を切り替えたのは正解だったようだ。神達は、愛し子であるフィルズとは何でも相談できる気安い関係を望んでいる。嬉しそうにまた笑うフーマに、フィルズも少しホッとする。

そこで、医術神というのを改めて認識し、気になっていたことを尋ねる。

「そういえば、リューラやカザンが、あんたが斧で足を切ろうとしてたって言ってたが、綺麗にいったのか？」

「おお。なんだカザンの奴、説明せんかったのか？　ほれ、使ったのはコレだ」

そう言って、ドアの取っ手から手を離し、その手を軽く握った状態で前に持ってくる。すると、その手の中に光が生まれ、形を取っていく。

出来上がったのは、銀色に輝く斧だった。

フィルズは目を丸くして、まさかと呟く。

「それ……『剣の極意』の最終奥義……」

この世界に伝わる『剣の極意』。七番目にして最後の極意が、『魔力で剣が出来る』だった。

「そうだ。これだと、痛みも感じることなく、スパッといけるからなあ。ほれ、こうした小さいメスにも変えられる。便利だろう」

さすがは神様だ。武術とは無縁そうな医術神までも、奥義まで会得していた。それも、こうした場合にスパッといくためだ。

その感心とは別に、フィルズは新たな可能性を知って驚いた。

「……剣じゃなくてもいいんだ……っ」

『剣の極意』として伝わっているのだ。当然、形を取るのも剣のみだと思い込んでいた。

「ん？　どうした？　なんか、新しいおもちゃでも見つけたような顔だぞ」

「だってっ、他の武器を持って歩かなくても、使えるってことじゃんかっ。すげえや！」

フィルズは珍しく、十二歳の子どもらしくはしゃいでいた。新たに見えた可能性は大きい。

「はっはっはっ。男の子だのう。おう。まあ、爺ちゃんと茶でもしようや。まだ晩飯には早い時分《じぶん》だでな」

「そうだなっ。じゃあ、茶は俺が……」

「私が淹《い》れますよ」

「ん？」

「おお。お前のことを言うの、忘れとったわ」

「だと思いましたよ」

そうしてフーマの後ろから出て来たのは、こちらも七十代頃の、優しげなお婆《ばあ》さんだった。とても先ほどまで部屋から聞こえていた不気味な笑い声を上げる人には見えない。

既にそのお婆さんの手には、トレーの上にお茶が三つ。

さすがに手術もした部屋で一服《いっぷく》というのは嫌だったのだろう。何より、怪我人が寝ているはずだ。

「奴《やっこ》さんは眠ったか」

フーマがお婆さんに問いかける。すると、晴れやかな笑みが返された。

「ええ。ぐっすりです。半日は目覚めないように調整しときましたよ。久し振りに良い仕事をしました」

「ああ。確かに久し振りに良い仕事ができたなあ。あまりにも怯えるんで笑っちまったぜ」

「怯えられると、あの笑い方がしたくなるのはなぜでしょうねえ」

聞こえていた不気味な笑い声は、どうやらわざとらしい。お茶目なところもあるようだ。

「ついからかっちまうよな。けど、半日でいいのか？」

「ここにずっと置いとくわけにもいかないでしょう」

「まあ、そうか。意識ない奴を運ぶのは難儀《なんぎ》だしなあ」

意識のない人を運ぶのは大変なこと。それも、成人男性だ。自分で歩くことができなくても、せめて背負うことになる人に、掴まっていられるくらいにはなって欲しい。

そんな二人の心配を聞いて、フィルズは部屋の物を回収した鞄に手を当てて考える。

「……作りかけのがあるから、車椅子ならすぐ出来るかも」

「『車椅子⁉』」

「あ、ああ……」

フーマが一気にフィルズに詰め寄り、お婆さんがすっかり綺麗に物がなくなったテーブルにお茶を置いてキレ良く振り返る。

目の前で目を丸くするフーマを見上げ、フィルズはふと思ったことをそのまま口にする。

「フーマ爺、背高いのな」

「ん？　あ、ああ。まあな。ほれ、それこそ怪我人や病人を抱えないかん時が多いだろ。大きい方が便利なのさ」

「へえ……じゃあ、年取った姿にしたのはなんでだ？」

神は、それなりに姿も変えられるのだと、リザフトから聞いたことがあった。実は見た目年齢が自在なのだと。自分が一番自分らしくいられる歳を探して固定するのが楽しいとも聞いていた。

フーマは見た目こそ老人だが、力も動きも若い人とあまり変わらない気がする。なぜわざわざ老人の見た目にするのか気になったのだ。

「ジジイの方が、言うこと聞いてもらいやすいだろ？　若いのが年寄りにこれをああしろ、あれをこうしろと言って、聞くか？」

「……なるほど。年長者の言うことの方が聞きやすいな」

「だろ？　そんでゼセラと、地上に降りてからは、七十か八十の爺さん婆さんの姿にしとるというわけだ。この世界では、平民の平均寿命が大体六十くらいだしな。まあ、この方が若者も親切になってええし、今は気に入っとるよ」

なるほどと頷きながらも、フィルズはゼセラらしきお婆さんに目を向ける。彼女も同じ思いなのかと確認したかったのだ。

それを読み取ったらしい彼女は、クスクスと上品に笑った。

「この歳くらいの相手には、相談もしやすいみたいですから、私も気に入っています」

「そうなのか……」

女神が年齢を高く見せるなんて、姿を変えられるならば、なおのこと選ばないと思ったのだ。だが、ゼセラは薬神としてその選択をした。

それを知って、フィルズは彼女やフーマに心から敬意を示そうと思った。彼らは医の道にある者としての自分達に誇りを持っていて、それを何よりも優先できるのだと分かったからだ。

「えっと……何て呼んだらいい？」

ゼセラに聞けば、彼女は嬉しそうに笑う。まるで、久しぶりに会った孫に喜ぶように見えた。

「お婆ちゃんでも、何でもいいですよ」

「……なら……セラ婆って呼ぶ」

「まあっ、嬉しいわっ。さあ、お茶をどうぞ？　特製のクッキーも出しましょうか」

「おお、いいなあ。フィル、ゼセラのクッキーはなあ、緑で驚くぞい」

「へえ」

出て来たのは、本当に緑色をしていた。だが、フィルズにはまさかという予感があった。それに気付いたのだろう。フーマがニヤリと笑った。

「分かるか？　賢者共にも好評だったんだぜ。食ってみろよ」

「っ……っ！　抹茶《まっちゃ》だ!!」

紛《まぎ》れもない、記憶にある抹茶のお菓子だった。

《クキュウっ、キュウっ》

ジュエルも、いつの間にかテーブルの中心でクッキーに齧《かじ》り付いていた。

苦いけど美味しいとのことだ。

そこで、ふわりと匂ってきたお茶に視線を落とす。これもまさかと思って手に取った。鼻に近付け、その匂いに確信する。

「っ、匂いが……っ、緑茶だっ、美味いっ」

「お抹茶入りですよ。気に入ってもらえて良かったわ」

「うん。すげえっ。紅茶があるから大丈夫だと思ったんだけど、俺の求める緑茶にできそうな茶葉って、中々手に入らなくてさっ。そもそもないみたいで。もしかして、作ってんの？」

「ええ。お米もありますから、玄米茶《げんまいちゃ》も用意できますよ」

「っ、米！　まだ食べれてないんだよ！」

玄米茶、米と聞いて、更に興奮するフィルズ。これにフーマが笑った。

「おおっ。その食いつき方、懐かしいなあ。俺らは、自分で作ったものなら地上でも味がするんでな。だから、食べたいと思ったら一から育てるしかなくてなあ。色んなもんにちょっとずつ手えつけてんだよ」

「別に食べなくてもいいんですけどねえ。地上に降りて、食に対する欲ができましたね」

神々は地上に顕現している間、何かを食べたり飲んだりしても味を感じることはない。しかし、彼らが自分で育てたものなら別だ。

「まあ、だから悪《わ》りい。大量には作ってなくてな。種だけは大量にあるんだが」

「ついつい買ってしまうんですよね」

「あ、出来合いのやつは買っても意味ないのか」

買い物と言ったら、生活に必要な雑貨か作物の種らしい。

青果店にいくら美味しそうな野菜や果物があっても、味がしないため、買わないのだという。

そこで、フィルズは首を傾げた。

「ん？　けど、俺が料理したものは、ちゃんと味がするってリザフトが言ってたぞ？　俺が愛し子だかららしいけど、神が自分で作っても同じなんじゃないか？　果物をそのまま食うのはダメでも、料理した野菜とかなら、大丈夫じゃね？」

「「え？」」

フーマとゼセラは、どういうことかと、フィルズへ揃って目を向けた。

その後、試しにとフィルズが作った干《ほ》し葡萄《ぶどう》の入ったクッキーも出したのだが、その結果に二人は愕然とした。

「俺らの苦労は……」

「……落ち着きましょう。いいんですよ。これで……これで、青果店に行けますから……」

「干し葡萄も……美味いな……」

「まさか、料理するだけでいいなんて……」

「えっと……なんか、ごめん」

二人は味がするものを食べるために、全ての食材を種から育て、調味料も時間をかけて手作りしていたのだ。その苦労を思うと、肩を落とすのも仕方がないだろう。

《キュッ、キュッっ♪》

ジュエルはこの重苦しい空気を無視して、今度はフィルズのクッキーをカリカリと食べていた。大変和む。

一旦話を変えようと、フィルズは最近どうしようかと悩んでいたことについて相談することにした。

「なあ。ところで、リザフトから二人の書いた医学書を受け取ったけど、あれ、どこまで広めていいんだ？」

「ん？」

「はい？」

フーマとゼセラは、フィルズが何を言いたいのか分からないという顔をしていた。当然、好きにして良いというつもりで渡したのだろう。寧ろ、広めてくれと。

フィルズが受け取った医学書には、薬のことはもちろん、外傷への処置法など、フーマとゼセラが世界を巡って知った、様々な病や怪我の情報と対処法が書かれていた。

「いや。だって、とりあえず薬学について調べてみたけど、今の一般的な薬師《くすし》のレベルって、常備薬を作る以外は、効いたらいいな～くらいのものだろ。半分以上の人には効いた気がするからこれでいいんじゃね？　的な曖昧な感じじゃん？」

「……え……そんな……」

「……それ、マジ……？」

二人は薬師の現状を知らなかったらしい。本当だとフィルズが頷く。

「うん。一応は個々で経験を元に対処してるけど、人によっては同じ薬が効かなかったりするじゃん？　でも、効いた人もいたから、多分いいよ的な」

「「……」」

はっきり言って、怪しい。毒かそうじゃないかの判断はできているようだが、全部の薬効を理解しているわけではなさそうなのだ。

「病は気からって言うじゃん？　この薬は効くって暗示かけてる感じかな。実際、良くなったりもするけど、薬師によっても知識レベルがかなり違うみたいなんだよ」

正しく作用する薬を作れている人もいる。だが、薬師は師弟制《していせい》。その知識を薬師全員が共有するなんてことはない。横の繋がりはないに等しかった。

「だから、薬への信頼度は、昔からの常備薬以外は低いっぽい。外科的な医術に至っては、考えたこともない人が多いよ。今回みたいに悪いところは切り落として終わり。神術で血を止めてもらえれば、助かる確率は上がるしな」

もしかしたら、投薬をすれば切り落とさなくても良かった場合があったかもしれない。けれど、薬への信頼度が低いため、そんなことを考える余地さえ生まれなかった。

「神術でたいていは治るから余計にそうなる。まあ、長いこと寝たりする時間が短縮されるんだから、神術で治ったたって錯覚《さっかく》するのも当然だよな」

神術は、本来必要な闘病《とうびょう》時間を短縮させる力を持っている。そこには神が多少干渉しているため、神術を使っている時は薬などに頼る必要がないのだろう。

とはいえ一般的に、風邪など命の危険がない状況で神術に頼ることはない。怪我だって、ちょっとの怪我ならそのままにする場合が多い。

わざわざ神官の手を煩わせるのは良くないと思う人も多く、そういった人々が、効くか分からない薬に頼るのだ。止血や気つけなど、薬草の知識は一般的にも知られていたりするので、全くのでたらめというわけでもない。

冒険者達だって、薬草採取の依頼を日常的に受けるのだ。そうして作られる常備薬的なものとしての薬は、一般的だった。

「まず、診察する場がないのがいけないと思うんだよ。だから、広めるんならきちんと俺の近くで、病院みたいなのを作ろうかと思ってるんだけど……」

セイスフィア商会の建物の周辺がまだ空いているのだ。将来的に全部買い取ろうと思っていたが、とりあえずキープしただけになっている土地はまだあった。

更に、先だっての事件で公爵領が男爵領を接収したため、向こうに移り住む者も多く、土地の余裕は増えつつある。土地を遊ばせておくのももったいないので、そこに教会とも提携した、診察もできる病院のようなものを近々作ろうと考えていたのだ。

「っ、病院！　いいじゃねえか！　俺も雇ってくれ！」

「私もいいですか？　賢者に聞いたことがあって、いつかこの世界にもと思っていたんですよっ」

思いっきり二人が食いついてきた。

「え……まあ、二人が中心になってくれるんなら嬉しいんだけど……いいのか？　神が……」

眷属神になったとはいえ、神様が直接雇われるというのはどうなのか、とフィルズは不安になった。

「いいんだよっ。今までも、人里に降りて治療したりしてたし」

「経験は必要ですから。特に私達の場合は、直接診《み》て、聞いて、自分達でも知識を増やしていかないといけませんもの」

「もちろん、人が自分達でやるのが一番だけどな……」

「中々、引き継いでくれる人がいないんですよ……」

貴族に邪魔されたり、弟子《でし》が無理して自滅してしまったりと、上手く繋いでいくことができないのだ。きっかけだけ作ろうと頑張っても続かない。ならば、今は自分達の知識を増やそうと考えたらしい。

「お前を待ってたんだよ」

「私達の全てを受け入れてくれる愛し子を待っていました」

「……そっか……いや、ってか、俺一人とか無理だから。いくら、興味あってもな～」

何より、それに掛かり切りになるのは困る。リザフト達も文句を言ってくるだろう。

なので、フィルズは考えた。

「思ったんだけど、一人に全部詰め込むからダメなんじゃね？　分担したらいいと思うんだよ」

「分担……？」

「分けるのですか？」

フーマもゼセラも、弟子というか、全部を託すのはそれぞれ一人としていた。そこから増やしていければと考えていたようだ。

だが、それにまず無理があった。

「病院でもさ、専門で分けてる。内科、外科はもちろんだけど、消化器科《しょうかきか》とか内分泌科《ないぶんぴつか》とか子どもだけの小児科《しょうにか》もある。心のケアをする心療内科《しんりょうないか》とかさ。それぞれ細かく分けて、専門性を持たせたらどうだ？　研究だって、気になること全部に手を付けたら時間がいくらあっても足りないんだ。特に俺ら人にはさ」

「「……」」

考えたことがなかったという顔だ。

「せっかく門戸《もんこ》を開くなら、それなりの人数を受け入れていこうぜ。個で何ともできないなら集団で。三人寄れば文殊《もんじゅ》の知恵って言うんだ。意見だって、一人じゃ限界あるだろ？　疑問を持っても、議論できなきゃ、発展って難しいと思うんだよ」

「……議論か……一人で悩むのは確かに……どうにもならんくなるもんな……」

「ええ……それに、助け合うこともできるでしょうね……」

これまで弟子となった者はたった一人で、貴族達とも立ち向かわなくてはならなかった。一人で、伝染病《でんせんびょう》にも立ち向かった。それが無理だったのだ。

「だからさ。分けようぜ。俺、冒険者のために整体師《せいたいし》とか育ててくれたら嬉しいな～なんて」

「おおっ。いいぞ！　任せろ！」

「あら。なら私も、肌の……皮膚《ひふ》の異常を診るのはどうかしら？　年配の女性には、長年使っている化粧品《けしょうひん》が合わなかったり、お手入れ不足で外に出られなくなる人がいると聞いたんですよ。特に貴族女性ですけど、誰だって女性は美しくありたいですしね！」

「皮膚科ってことか……化粧品部門を商会に作ろうと思ってたから、そことも合わせて……あっ、そうだセラ婆、この『冷却化粧水』どうだ？　こういうのも売ってんだけど」

この化粧水について説明すると、ゼセラは満面の笑みを浮かべた。

「素晴らしいわ！　これは絶対にオススメね！」

「男女問わず、よく売れてるよ。こういうのの監修《かんしゅう》も頼んでいいか？」

「もちろんよ！　楽しくなりそうだわ！」

そしてフーマとゼセラは、今の住処を引き払って、フィルズの元に来ることになった。

「まだ二日か三日は、ここで氾濫の対応があるから、適当なところで来てくれ」

「おうっ。じゃあな」

「すぐにまた会いましょう」

そう言って、二人は引っ越しのために遺跡を出て行った。

「さてと、半日は起きないらしいし、先に荷物を回収しきってから車椅子の準備だな」

《クキュゥ！》

リザフトやリューラとカザンも手伝ってくれたため、この後三時間ほどで必要と思える物の全ての回収が終わった。


彼らが最後に集まったのは鉱道の入り口だ。そこで腰に手を当てて立ち、リザフトがフィルズを振り返る。

「まだ掘り出せてない鉱石とかは、さすがにこのままだね。誰も入れないように、入り口を塞《ふさ》ぐ結界の魔導具を発動させておくといいよ。回収した中にあったから」

それを聞いてフィルズは屈み込み、床に並んだマジックバッグの一つに手を突っ込む。

「魔導具か」

「まあ、ここまで来られる人はまずいないだろうけどね。同じように、遺跡の入り口も塞いでおけば完璧っ」

チラリと目をジュエルに向けて確認すれば、フィルズ以外の者が持っていけないようにできるなら、構わないらしい。

「なあ、魔導具ってもしかして、これか？」

フィルズは、マジックバッグからそれらしい物を取り出して確認する。見慣れない魔導具を回収した時に、ジュエルが『結界の。こんな所にあった〜』と伝えてきたものだ。

《クキュゥっ》

見た目は宝石箱のよう。一辺十センチの黒い箱だ。開けると、その中央には大きな水晶《すいしょう》のような発動装置。その四隅《よすみ》に、杭《くい》の形をした魔鉱石《まこうせき》が入っていた。

箱の蓋の隅には、『扉・道・封鎖《ふうさ》用（壁）』と日本語で書かれている。

それをリザフトが上から覗き込んで頷く。

「うん。魔力を補充すれば、まだ使えるよ」

「へえ……」

とりあえず、真ん中にある発動装置に魔力を入れてみる。

「っ、すげえ持ってかれるのな……」

「まあね。けど、フィル君には大したことないでしょ？」

「ん〜、感覚的にはそうだけど……今まで使ったことのある魔導具で一番持ってかれてるかも」

「それなりに強力なやつみたいだからね」

これまでの経験から、フィルズは自分の持つ魔力量はかなりのものだというのが分かっている。因みに、この世界では魔力が数値化されることはまずない。よって、それが他人と比べてどれくらい違うのかというのは、正確には分からなかった。

一般的な量よりも多いと思われるフィルズでも、かなり持って行かれる感覚がある。相当量の魔力が必要な、特別な魔導具というわけだ。

「燃費《ねんぴ》は？」

「満タンにして……ひと月くらい？　フィル君なら、もっと燃費良くできるかもね～」

「っ……やってみる」

リザフトに言われるまでもなく、フィルズもこれを改良したいと思っていた。燃費を良くするのは当然目指すところだ。

既に内心では、今すぐにでもこれを分解し、解析《かいせき》して改良したいとソワソワしていた。

「で？　どうやって使うんだ？」

「これは壁になるやつだから、封鎖したい場所の内側にその箱を置いて」

坑道の内側に一歩入った所に箱ごと置いた。

「四つの杭を持って、二つを入り口の両端に立てるようにして地面にちょっと刺してみて」

「両端……ここに……っ、勝手に刺さった……」

地面に少し刺したところで、ググッと勝手にそれが深く地面に刺さっていった。

もう一つも刺すと、杭と水晶の三点が光の線で結ばれる。

「残り二つを刺さった二つの杭の上……塞ぎたい高さの所を狙って～、飛ばす！」

「……ダーツかよ……普通、そんな上手く狙えるか？」

フィルズは呆れながら、狙った場所に上手く飛んで刺さるかどうかも分からないが、やってみる。とはいえ、投げナイフを使った投擲の訓練はしているので、なんとか上手く狙った場所に飛んだ。それも、スッと意思を持つように壁に吸い込まれていった。

「……刺さった……」

不思議な感覚だった。四点が光の線で結ばれると、淡く光る壁が入り口に蓋をした。解除するのは、魔力が切れるか、魔力を入れた者にしかできないらしい。

不便なのは、一度解除しないと魔力をまた入れることができないところだ。

結界を張り終えたフィルズの目がはっきりと輝いたのを、リザフトは見逃さなかった。

「面白かった？　何かいいの出来そう？」

「……うん。何か出来そう」

「あははっ。それでこそフィル君だよねっ」

改良ももっとできそうだという感覚、何かに応用もできるかもという期待感。隠しきれない喜びがフィルズの表情には出ていた。

「それじゃあ、帰ろうかな」

リザフトがそう言えば、リューラとカザンがやって来る。
「私達も帰るわ。この後も、気を付けて。またね」
「今度は……家の方に行く……」
「うん。待ってるよ」
そうして約束を取り付け、リザフト達は姿を消した。
残ったのは、ビズとエン達、そして、ジュエルだ。クマとウサギ——プルファとセクターは途中で別の仕事を任せたため、既にこの場所からは出ている。
「さてと、俺らは……明日の朝までここで休んで行こう。食事にするぞ」
《ワフワフっ！》
《クゥウン！》
《キュン！》
《クキュゥ！》
《ブルル……》
食事を済ませてから数時間眠り、翌日の朝、目覚めた怪我人も連れ、ケトルーア達のいる外壁傍の待機場所まで戻ることにした。
その頃。丁度、クラルスと第三王子リュブラン達を連れたセイスフィア商会の営業用の馬車が、辺境伯領へと到着したのだ。

ミッション④　出張営業と補助器具

その奇妙な馬車は、夜明け前に、辺境伯領都の外門傍に辿り着いた。

開門を待つ馬車の列に並んで停めると、馬車から降りたクラルスは、グッと体を伸ばす。

「やっぱり、走るなら夜よね〜♪　速さが出ないともったいないわっ」

次に、運転席から扉を開けて出て来たのは、リュブランだ。

「試運転はしてましたけど、まともに街道を走るのは初めてですし、気持ち良かったです」

リュブランは、この馬車を作る段階からテストドライバーとして関わってきた。

凝り性のフィルズが、あれもこれもと詰め込んで創ったセイスフィア商会の特別営業車は、八十キロまで速度が出せる魔導車《まどうしゃ》だ。車を引く馬はいない。

操作はAT車《オートマ》の運転と変わらない。ナビ機能はないが、船の魚群探知機《ぎょぐん》のような、付近の生命体を発見できるソナーのようなものは載せ、安全性には気を付けている。

夜は馬車を停めて野営するのが普通だ。よって、誰も街道を走らないということで、障害物無しで走れたというわけだ。

「ふふふっ。リューちゃん、すごい楽しそうな顔してたわよ〜」

「っ、うわ〜、恥ずかしいです……」

「やあねえ、男の子らしいじゃない。フィルもそんな顔するわよ？　ねえ？　シエル様」

クラルスが振り返ると、クラルスが出て来た後ろの扉から、壮年《そうねん》の男性がゆったりと降りてくるところだった。

今回付いてきた公爵領都の教会の神殿長のシエルだ。フィルズが神の愛し子だと知っており、同じように神と向き合える人でもあった。

神の加護が強く、その神が干渉しやすい教会で生活する神官達の中には、年齢不詳《ふしょう》の者が多い。それは特に上層部に多く、彼も本来ならば、神に仕える中でもかなりの上位の立場の人だ。

神殿長は一つの国の全ての教会に所属する神官達の代表で、一国の王が相談役としている。そんな彼は、今日はお忍びというように、普段の神官服ではなく、一般的な平民の服を着ていた。

「ええ。特にリュー君は、遠慮がちでしたからねえ。自信に満ちた顔というのができるようになったのです。こちらも嬉しいですよ」

「っ、ありがとうございます……っ」

照れながら少し頭を下げるリュブラン。フィルズの元へ来てから、自分にもできることがあるのだと分かったリュブランは、少しずつ自己を肯定《こうてい》するようになった。その変化を、神殿長や大人達は嬉しく思っている。

「それにしても……フィル君はまた、すごいものを造りましたねえ」

神殿長が改めて乗ってきた車を振り返る。

中型と小型のコンテナハウスを二つ連結して走るトラックだ。前方の中型のコンテナハウスの上には、小型のコンテナが乗っており、二階建てになっている。屋上にも出られる特別製だ。

因みにクラルスは走行中、屋上で星空を見ていた。

後ろに連結した小型のコンテナハウスは、飲食店の店舗《てんぽ》の機能を持つ移動販売車となっている。

その後ろにも連結可能なので、数が増えればさながら列車のような見た目になるだろう。

道が整備されているわけではないので、少々大きめな馬車の幅を基準にし、当然、軽量化を特別意識している。悪路にも負けず、重さにも耐え、ある程度小回りが利《き》くよう、タイヤは左右に四つずつ。太めのゴムタイヤにサスペンションなど、衝撃も吸収する仕様だ。

それなりにスピードが出せるよう、移動はもっぱら夜を狙う。もちろん、そのためのライトも付いていた。

「フィル君曰く、『野営とかに気を配る神経《しんけい》と体力がもったいない』ですって。でも、確かにそうだわ。迎撃装置も付いてるし、装甲《そうこう》もしっかりしてるもの。野盗《やとう》だけじゃなく、魔獣や魔物も怖がらずに済んで、中にいれば安心なんて、ぐっすり眠れちゃうわよね」

「料理も中でできますしね。これなら移動も億劫《おっくう》に感じませんよ。その上、速いですからね。辺境伯領都に一晩とかからずに着くとは……軽く奇跡ですよ」

乗る前に、迎撃装置や装甲の頑丈さを説明されたため、神殿長も安心して乗っていられたという。

「あまりにも揺れないので、先ほどまでぐっすり眠れてしまいましたしね……」

「それありますよね！　寧ろ少しの振動が心地好くて。あっ、リュー君疲れてない？　眠くない？」

「平気です。マグナと交代でしたし、ペルタが補助してくれますしね」

リュブランがペルタと呼んで、運転席の方を振り返ると、ドアを開けて椅子に座り、足をブラブラとしている『イワトビペンギン』が軽く手を上げた。

《おう。いいドライブだったな。疲れてねえか？》

「うん。平気。ペルタも門が開くまでちょっと休んでね」

《そうするぜ》

ペルタはそう言って、助手席の足下にある籠に入り込んでいった。そこがベッドなのだ。彼はおやすみモードに入る。

神殿長が不思議そうに、そんなペルタのいる籠を見つめていた。

「何度見ても、不思議な生き物ですね……他の子達は小さくて可愛いですけど」

この世界にペンギンはいないらしく、未知の生き物でしかなかった。

ペルタとその子どもという設定の子どもペンギン達は、この魔導車専用にフィルズが作った、サポート用のぬいぐるみ魔導人形だ。

クマ達とも繋がっており、最新情報の共有もできるし、ナビ機能もある。

「ふふふっ。ペルちゃんも可愛いじゃないですか〜。声が渋いのがまたいいのよっ。おチビちゃん達はもちろん可愛いけどっ」

フィルズの『イワトビペンギンならおっさん声だろ』という謎の拘りにより、ギルド長のルイリに頼んで、少々声を低めにして吹き込んでもらった。そのせいかは分からないが、クラルスが声に惚れていた。

子どもペンギン達の声は、クマと同様に孤児院の子ども達が吹き込んだ。

大きさは、ペルタが四十センチで、子ども達は半分の二十センチにしてある。動作確認のため、クマ達と共に店の手伝いもさせたのだが、ペタペタ、ヨタヨタと歩いてお手伝いする姿は、未知の生物の見た目であっても公爵領都の町の人達には大人気となっていた。

もちろん、小さいがそれなりに戦闘もできる。魔物と間違えられないように、彼らは全員、斜めがけのポシェットを着けており、その中に小道具も入っていた。

「さ〜てとっ。門が開くまで、後二時間。そろそろ日が昇るし、朝ご飯の営業でもしましょうか」

「はい。マグナ達を起こしてきます」

リュブランは、まだ眠っているはずのメンバー達を起こしに行った。セイルブロードの営業もあるため、今回連れてきたのは、リュブランの騎士団の元メンバー四人とマグナだけだ。

遠巻きにこの不思議な乗り物を見ている開門待ちの人々の視線を感じながら、残されたクラルスと神殿長は楽しげに笑う。

「私にも手伝わせてくださいね」

「ふふっ。シエル様、ちょっとワクワクしてます？　今日は装いも違いますし」

「分かります？　いやあ、こうした服を着るのもいつ振りか分かりませんし、その上、お店のお手伝いなんて初めてですから。炊《た》き出《だ》しも、若い頃にしか参加できませんもん。今やると皆が受け取りにくいですからね」

神殿長としての立場の影響は大きく、どうしても少し距離を置かれてしまうことがあるため、寂しく思っていたらしい。装いを変えた今日は、誰も気にしないだろうと期待しているようだ。

「そうなんですか？　ふふふっ。では、エプロンもお貸ししますわ。沢山稼ぎましょう！」

「いいですねえ。楽しみですっ。フィル君のパパとして、ここで是非とも結果は残さないといけませんっ」

「それは是非！」

その後すぐ、移動販売車の扉が開かれ、朝ご飯の販売が始まった。マカロニの入ったスープとパンだ。

開門待ちの人の中には、公爵領でセイスフィア商会のスープ屋台などを知っている者もおり、店が開くと待ってましたとばかりに駆け寄ってきた。

それがきっかけとなり、門の外が賑やかになる。するとクラルスは、車の二階建ての屋上に上がって、拡声器を使い、門の兵士達へ声をかけた。

『おはようございま～す。お勤《つと》めご苦労様ですっ。こちらは、セイスフィア商会の営業販売車です。お勤め上がりに、朝食はいかがですか？』

そんな営業により、開門前にもかかわらず、匂いに誘われて兵士達が外壁の上から降りてきた。

そうして、開門までの二時間で、この場に居合わせた全ての人へと朝食を提供したのだ。

「手応えは十分ねっ。さあ、中に入ったら、とにかく突っ切るわよ。国境の外門近くで、スーちゃんが待ってるわっ」

「はい。出発します」

全員が魔導車に乗り込み、再びリュブランの運転で町を突っ切る。

そうして、氾濫に対応する冒険者達の集まる広場に向かったのだ。

◆　◆　◆

フィルズが外壁近くの兵舎前に戻ってきたのは、遺跡で一夜過ごした後の、朝の十時頃。

冒険者達が集まる広場がそこから見える。そして、聞き慣れた声が拡声器越しに聞こえてきた。

「ん？　もう営業してるのか」

『ごきげんようっ。辺境伯領都にお住まいの皆様っ。はじめまして。セイスフィア商会の広報長《こうほうちょう》クラルスと……』

『《ローズともうしますっ》』
二階建ての魔導車の屋上には、広報台がある。そこに立つクラルスは、フィルズがデザインした制服を着ていた。
《クキュゥっ！》
それを見たジュエルが、エン達三匹と一緒に入っている籠から身を乗り出し、『カワイイ！』と感想を告げる。
「あの制服いいだろ。バスガイドかＣＡかって感じだけどな」
《クキュ、クキュゥ》
「あの帽子が？　欲しいのか？」
《クキュ！》
《キュン！》
「ん？　ハナも？」
《キュンっ》
ハナのキラキラとした円らな瞳が、真っ直ぐフィルズを見上げていた。
「分かった。あの平べったい感じの帽子な。色は選べるぞ。何色がいいか作る時に聞くからな」
《クキュゥ！》
《キュン！》

因みに、クラルスのは白。赤いリボンが巻いてある。制服も白で、アクセントとしてこちらも赤のラインが入っている。白のレースの手袋も綺麗だ。

その手には、それこそバスガイドが持つような、四角いマイクが握られている。

スカートは長めのヒラヒラとしたヒダの飾りを付けたマーメイドスカートだ。そのヒダの端にも赤が入っており、花のようで華やかだ。高い場所に登るので、風で捲《めく》れ上がらないように考えた。

これが踊りなどで日頃から鍛えているクラルスの体型にとてもよく似合っていた。

すると、共にビズに乗っている、片足を失くした青年が呆然とした声で呟く。

「……女神だ……」

「ん？」

冒険者達の目も釘付《くぎづ》けだ。見たこともない服を着て、隣には頭に小さな王冠《おうかん》を載せた淡いピンクのクマ。クラルスの笑顔と声に、目を留めない者はいない。

振り返れば、青年はクラルスに見惚《みと》れていた。

「……マジか……まあ、いいか……」

クラルスは、既に公爵領都ではアイドル的存在だ。息子としては複雑な心境だが、クラルスも楽しそうなのだ。惚れられるのを止めるつもりはない。

そのために、護衛としてローズも傍につけているし、今回はペルタや子どもペンギン達もいる。

冒険者であっても、下手に手を出せば瀕死《ひんし》になるだろう。お触り禁止で魅せるだけ魅せる。それが

踊り子として生きてきたクラルスのやり方でもあった。

『冒険者の皆さん、兵の皆さんっ。朝の見回りお疲れ様で～すっ。ちょっと小腹が空いたな～って方も、喉が渇いたな～なんて思った方も！　いらっしゃいませ～。【十時のコロコロおやつセット】を出張特別価格でご提供してま～す！』

どうぞと言うように、マイクを持たない左手を前に出して広げた。その隣でローズが両腕を広げている。ローズの前には、マイクスタンドが立っていた。

『《あまいのがにがてでも、たべられるチーズあじもあります》』

【十時のコロコロおやつセット】は、丸い一口サイズの焼きドーナツとドリンクのセットだ。

焼きドーナツは、たこ焼きの鉄板でコロコロ作る。大きさも大きめの一口サイズ。

味は四つ。ほのかに甘いプレーンと、塩気のあるチーズ味、甘めのメープル味、中に甘酸《あまず》っぱいベリーのジャムが入ったベリー味だ。

二つずつのミックスと、二種の味を組み合わせるハーフ、それと単一の一盛りが選べる。

『今日はここでの初めての営業ということで、特別に、味見用の四種をプレゼント！　半分の大きさの四種類を用意しました！』

『《まずはたべてみるべき。あちらのあおいテントへどうぞ》』

『一人一回でお願いしますね～♪』

『《いはんしゃさんは、みんなでちゅういしましょう》』

移動販売のコンテナから少し離れた場所に青いテントがあった。串焼きのように、半分に切った四種類を刺したものが用意されている。

「これ、タダ？」

「タダだってよ」

「腹減ったし、食べてみよ」

「パンみたいなものかしら？」

興味を持った冒険者達が群《むら》がり始めた。

『並んでくださいね～。もちろん、住民の方々もご利用いただけますよ！　お子様とおやつ、どうですか？　食べ終わった串は、赤い箱に入れてくださいね～』

『《ゴミはゴミばこへ》』

この世界、ゴミはゴミ箱へという認識がない。

もちろん、商業ギルドからの指導で、屋台を出す者達は、店の隣にゴミ箱を用意している。それでも、道には食べ終えた串や、包まれていた紙のような木の皮などが捨ててあるのが常だった。まるでお祭りの後の惨状だと、フィルズは思ったものだ。

それがずっと気になっていたため、公爵領都では、現在、セイスフィア商会で各所に赤いゴミ箱を設置しており、住民にも周知させていた。

そして、珍しいということもあるだろうが、面白がってきちんと捨てる者が多かった。

清掃活動もしており、町が綺麗になったことで、ゴミがないことが気持ちのいいものだと分かった住民達が、率先《そっせん》して旅人達にもゴミ箱の存在を教えている。

お陰で衛生面《えいせいめん》も向上中だ。国の中で一番綺麗な町になっていると、外から来た者達からも評価されている。

『食べてみたいな～、どんな味かな～って思ったら食べてみて！　コロコロボール八個とドリンク一杯で、今日は特別価格！　50セタ引き！　銀貨一枚と大銅貨五枚の１５０セタ！』

『《ぜひ、ぜひいらっしゃいませ》』

八個の焼きドーナツというのは、冒険者にもおやつとして良い量だ。朝食を食べない者も多いため、丁度良いと思われたようだ。

「うまっ！　ちょっ、俺買うわ」

「味見だけにしようと思ったけど……これは買うわ」

「母ちゃんにも買ってこっ」

「パンより美味いっ」

好評らしく、すぐに移動販売車の前に列が出来ていく。

『ドリンクだけの方は、緑の旗の窓口へどうぞ～』

『《レモーネのジュース、レモネードがオススメ。すっぱあまくて、さっぱりするステキなのみものです》』

店の方では、ペンギン達が忙しなく動いていた。

「なにあの生き物っ。カワイイんだけどっ」

「さっき子どもみたいに喋ったわよ」

「あのローズって子も不思議だけど、可愛いわよねっ」

女性達は、カワイイ、カワイイと言ってその働く姿を見ている。

「見てるだけで癒《いや》される～」

「ちょっと、あっちにカッコいいのがいたんだけど！」

「あっち？」

「飲み物の方！　果物搾《しぼ》ったりするんだけど、手渡してくれる時があって……っ『気を付けて待てよ』って……っ、渋い声でっ……っ」

「お、俺もうっかり惚れそうになったんだが？　なんなのアレ！」

「アニキって呼びたいっ」

ペルタはジュース担当。スマートに冷静に客を捌《さば》いていて、一言添えて手渡された客達は順調に彼に惚れているようだ。

「名前聞いちゃった!!　ペルタさんだって！」

「「ペルタさん……っ」」

「「ペルタ兄貴……っ」」

こうしている間にも、ペルタはファンを増やしていた。

先にケトルーアに報告しようと移動を始めていたフィルズは、そんな様子を横目で確認して思わず笑った。

「っ、すげえな、ペルタ。狙い通りだ」

やはり渋いイケオジボイスと、研究した好感の持てる男の仕草は正解だったようだ。

会議室に辿り着くと、イヤフィスを使っての現場とのやり取りが上手く機能しているらしいのが、すぐに分かった。

そこは、すっかり司令室っぽくなっており、他に変わったところといえば、この部屋には女性しかいないことだろう。

スイルがここのボス。通信を受ける女性達は、自分達の声が他の者達の邪魔にならないよう、スイルを扉近くの一番後ろに配し、そこから放射線状に別の方を向いている。

フィルズは、青年を車椅子に乗せ、静かにそんな部屋に入った。青年は目を丸くし、息を呑む。

声を出すのも憚《はばか》られるくらい、緊張感があった。

折を見て、スイルに声をかけようとしたその時、火急《かきゅう》の報《しら》せが入ったようだ。

「っ、E地点、６番より緊急の入電《にゅうでん》です！」

「６番……国境の砦近くに向かった者だな」

そう呟くスイルの後ろ姿を見て、フィルズは背伸び気味に彼女の前にある地図を覗き込む。E地点は隣国との国境辺りの範囲のようだ。

「はい！　報告しますっ。『魔獣達が外壁を突破。砦内で戦闘中』とのことです！」

「ちっ、やはり無理だったか……リフタール将軍を探すよう伝えてくれ。冒険者ギルドに伝令！」

「はっ」

冒険者ギルドにも通信を繋げられるようにしていたらしい。担当の女性が立ち上がり、スイルの方を向いて指示を待つ。

「『外壁が破られた。密約に従い、十二時より支援に入る』と、あちらのギルドへも伝えるよう頼んでくれ」

「承知しました！」

スイルは思案するように顎に触れながら、傍で戦況を整理しているメイドに声をかける。スイルの補佐の一人だ。

「今より三十分で支援態勢を整える。スーに連絡を。ケトを呼んでくれ」

「承知しました」

彼女は、個人のイヤフィスを持っていた。現在、イヤフィスは公爵領都のセイルブロードにある店でしか手に入らない。このメイドは先行して買いに来ていたのだろう。

スーが常にケトルーアの傍にいるため、メイドの彼女がイヤフィスを持っていれば、通信は可能になる。普段その役目を負っているスイル付きのクマ、アルトは屋敷に残しているらしい。

次にスイルは前方にいる女性達に向けて指示を出す。

「D地点の冒険者達に、国境の砦に向かうよう伝えろ。C地点の冒険者達には、D地点まで索敵範《さくてき》囲を広げるように伝えてくれ。それぞれ、くれぐれも無茶はしないようにとも」

「「はい！」」

緊迫した空気の中、青年が震える声で呟いた。

「……外壁が破られたって……っ」

将軍の名も聞こえたのだ。それがあちらの国の外壁なのは、嫌でも察せられる。

それを聞いてスイルがフィルズの存在に気付き、振り返る。

「フィル？　その者は誰だ？」

「ああ……それも説明しようと思って来た。ケト兄が来てからの方がいいかもしれないから、待ってくれ。それと昨日、セクターとプルファを隣国へ向かわせた。将軍は無事のはずだ。プルファには将軍を護衛するよう言っておいた」

「え……」

青年が、泣きそうな顔でフィルズを見上げた。それを受け、フィルズは頷く。

「大丈夫だ。死なせる気はない。プルファが傍にいれば、万が一もないさ。まあ、将軍を守れって命じただけだから、外壁を突破されたのは仕方ない」

「……そう……なのか……」

理解できないこともあったようだが、父親である将軍の無事が保障されたと聞いて、少しは安心したようだ。

そんな様子を見て、スイルは目を細め、改めて青年を確認する。

「ふむ……事情がありそうだ……」

「っ……」

完全に青年は萎縮《いしゅく》していた。

しばらくして、ケトルーアが部屋に飛び込んでくる。

「おいっ。向こうの砦がえらいことになってるぞっ」

どうやら、スーの方にプルファから連絡があったようだ。

「……それについて話すために呼んだのだ」

「そうか……ん？　フィル、そいつ誰だ？」

車椅子に乗った青年を見て、ケトルーアが不思議そうにしていた。

「その説明をしたくてケト兄を待ってたんだよ。おい、この人達が領主だ。名乗っておけよ」

「っ、ああ……フレバー・ノックスです」

「ノックス？　リフタの息子か？」

隣国の砦を守る将軍の名はリフタール・ノックス。ケトルーアは付き合いもあるのだろう。将軍をリフタと呼んだ。

「はい……リフタールの息子です……その……っ、今回の氾濫の件、原因は俺にあります……っ」

「……どういうことだ……」

「っ……」

ケトルーアが思わずだろう、青年、フレバーを威圧する。

カタカタと歯の根が合わなくなるほどの威圧。それに気付き、フィルズがその間に入って声をかける。

「ケト兄」

「っ……悪い」

バツが悪そうに、ケトルーアは目を逸らした。

「怒るのも分かる。まず、俺から説明させてくれ」

「……頼む……」

そうして、フィルズは経緯の説明を始めた。


ジュエルに会って連れてきたところまではまだ話す必要はないだろう。その周辺の情報を省き、昨夜のうちにフレバーから聞いた情報を伝えていく。

「こいつを唆《そそのか》したのは、コルパって伯爵らしい。その辺の事情とかについては今、セクターに探らせている」

「なるほど……いや、待て……探らせているって……」

ケトルーアは嫌な予感がして顔を強張らせる。そこにスイルが割って入る。

「そういえば、将軍の護衛はプルファだと言っていたな……フィル？　まさか……」

スイルも気付いたらしい。

これに、フィルズがニヤリと笑う。

「セクターの部隊を、ちょっと前からあっちの国に潜入させてたんだ。ケト兄の言う将軍ってのがどういう人が知りたくてさっ」

ケトルーアは、若い頃にその将軍に助けられたことがあるらしい。それもあって、この辺りに拠点を置いていた。その結果、スイルとの出会いに繋がったため、スイルもその将軍には感謝しているということだった。そんな昔話を聞けば、どんな人物なのか気になるに決まっている。

「で、なんか色々と『大人の事情』ってやつがありそうだったから、あわよくば引き抜けないかな～って企《たくら》んでみた」

「……企んでみたって……お前な……」

「さすがはフィルだ。考えることが違う。だが、仮にも将軍は男爵。引き抜くというのはな……」

ノックスという家名を持ち、貴族として国に属している以上、他国へ引き抜くなんてまず有り得ないだろう。だが、今のところ集めた情報からすると、無理ではない気がしているのだ。

「まあまあ、とりあえず、コイツの話も聞いてもらって、期待しといてくれよ。俺はちょっと出て来る」

「どこ行くんだ？」

青年、フレバーを置いて部屋を出ていこうとするフィルズを、ケトルーアが呼び止める。

「向こうの支援をするんだろ？　そうなると人数的に不安になる所もあるんじゃね？」

これに、スイルが重く頷いた。

「ああ……冒険者や兵士達の実力を疑ってはいないが、範囲が広くなる分、一人ひとりの負担も増える。あちらに人員を割《さ》くことに変わりはないからな……っ、何か案があるのか？」

フィルズの自信ありげな表情を見て、スイルが期待する。

「ちょっと考えてることがあるんだ。恐らく少しは人員を補充できる。上手くいったら連絡するよ」

ヒラリと手を振って、フィルズは部屋を一歩出る。しかし、そこで振り返り、フレバーに告げた。

「ちゃんと全部話せよ。そうしたら、親父さんも助かる可能性が高くなる。こういう時は、年長者に頼っていいんだよ」

「っ……ああ……っ」

自分一人でどうにかしなくてはと思っていたのだろう。フィルズよりは年上だが、心細かったようだ。目に涙を溜めていた。

よしよしと頷くフィルズに、ケトルーアがツッコむ。

「それをフィルが言うか……」

「俺だって頼れる時は頼ろうと思ってる」

「思ってるだけだろ！」

不満そうに言われたので、大真面目にフィルズは答える。

「考えてもいる。機会がないだけだ」

「っ、いつでもいいんだって！　考える前に頼れ！」

「前向きに検討する」

「……だから、考えんなって……」

諦めたように、長いため息を吐かれた。フィルズには見慣れた光景なので、特に気にすることなく、再び軽く手を振って歩き出した。

「そんじゃあ、いい報告を待っててくれ」

そうして、フィルズは、建物を出てビズ達と合流する。人の流入が多いが、完全武装した、見るからに強そうなビズに近付こうと思う者はいなかったらしい。

遠巻きな視線を感じつつ、フィルズはビズの背を叩く。

「ちょい人に会う。一緒に行くぞ」

《ブルル》

「ん？　静かだと思ったら……」

《ブルル……》

籠の中でジュエルとエン達が、すやすやと眠っていた。

近くの広場に人が集まっていることもあり、この辺りはかなり煩いのだが、よく眠っている。

フィルズは苦笑しながら、籠と馬具との固定を確認し、ビズに声をかける。

「行くか」

《ブルル》

しかし、歩き出そうというところで、後ろから声がかかる。

《ご主人様よ、頼まれていたもんを持ってきたぜ》

「ペルタ？」

振り返れば、斜《しゃ》に構え、短い腕を組んだペルタがいた。

気になるのは、ペルタの後ろ。三メートルほど空けてペルタについて来たらしい人々だ。

「……あっちはいいのか？」

ペルタは関係ないとばかりに一度手を振る。

《すぐに戻る。まったく、困ったもんだぜ。こんな所までついて来ちまうんだからな》

「だな……」

十歳頃の子どもから年配の者まで、男女の別なく、皆キラキラした目でペルタを見つめていた。

しかし、それを当たり前のこととして気にせず、ペルタは斜めがけにしているバッグを前に回し、その中から白いアタッシュケースを取り出す。
《ゴルドから預かったもんだ。確かに届けたぜ、ご主人》
「ああ。わざわざ持って来てくれたんだな。ありがとな」
子どもペンギンも身に着けているバッグは、全部マジックバッグだ。それを見ていた人々が目を丸くするが、バッグを狙おうとする目ではなかった。一定の距離を保ち、近付いてもこない。
行儀の良いファン達だ。
《構わねえよ。ご主人の役に立てるのは嬉しいもんだ。俺は店の方に戻るぜ。いい稼ぎを期待してくれや》
「分かった。期待してる」
《おう。ほれ、お前らも行くぜ。周りに迷惑かけんじゃねえぞ？》
「「「「は～いっ」」」」
みんな良い子の返事だ。楽しそうに、ペルタを先頭にして広場の方へ戻っていった。
「……すげえなペルタ……」
《ブルル……》
着実に、ここでも人気を得ていっているようだ。
フィルズは受け取ったケースを持ち、ビズの首をポンポンと叩く。

「行くぞ」

フィルズが向かったのは、住宅街の奥。鍛冶師などの職人達の店や仕事場がある所だ。その更に奥には農地が広がっている。

カンカン、トントンとモノ作りをする音が響く中を進む。しばらくすると、店先にある木箱に腰掛け、黄昏《たそがれ》れる老人がいた。

老人といっても、辺境の男だ。ここでは、鍛冶師だろうと、農家の者であろうと、冒険者を兼任するのが普通。氾濫が起きれば真っ先に、自分で打った武器や倉に農具と一緒に置いてある剣を持って飛び出していく。それが辺境の男というものだ。

場合によっては、女達もこれに当然のように交ざる。辺境伯家は女系家族。その影響下にあるため、下手をすると女性の方が戦い慣れしていた。

それは置いておいて、今この辺りにいるのは、年配の者ばかりだ。様々な理由で、現場に出るのを断念せざるを得なかった者達。

この老人も、その一人だった。

フィルズは、難しい顔で明後日《あさって》の方向を向く老人の前にひょっこりと顔を出す。

「っ……」

「よっス」

「ん……」

すっかり無口になった老人は、この頃、若い者達から距離を置かれていた。

そのことも、自分が戦えないという現実も受け入れられず、この辺りの老人達はすっかり家の近辺から動かなくなっている。これは、辺境だけに留まらない。公爵領の問題でもあった。

まだまだ動けるし、動きたい彼らだが、どうにもならない理由がある。フィルズは今回、それを解決しようと考えたのだ。

老人はこの辺りの顔役でもあった。最初の被験者とするには都合が良い。

ビズにも手を上げて挨拶する老人を横目に、フィルズは持ってきたアタッシュケースではなく、腰のマジックバッグから、一辺十センチほどの黒い箱を取り出す。指輪やアクセサリーが入っているような、パカッと横から開く箱だ。

その箱を差し出しながら、フィルズは、ちょっと大きな声で告げる。

「ルカ爺っ。これ耳のやつ！」

「っ、出来たのか……っ」

彼の声も大きい。普段は、そのせいもあり寡黙《かもく》な男になっている。老化に伴い、耳が聞こえにくくなっていたのだ。そのために作った補聴器だった。

「着けてみてよ！」

「おおっ」

箱を開けると、そこには、茶色の四角いもの。そこに嵌め込まれている赤茶色の器具を耳の穴に嵌める。これも立派な魔導具で、魔力を込めると空気で膨張する。それによって、きちんと個人の形に嵌るようになる。長時間着けていても、痛みが出ない仕様だ。

着けて魔力を込めた時点で、その個人専用のものになるため、他の人と兼用では使えない。これを解除するのは、セイスフィア商会にしか無理というものだ。

四角いものは、首から下げる。これでボリュームの調整ができるようになっていた。

ルカ爺にはこの試作品を何度か試してもらっていたため、スムーズに調整までできたようだ。首に掛け、ボリュームを調整して頷く。

「どうだ？　聞こえやすくなったか？」

「っ、すげえぞ。よく聞こえる……っ、この前はくぐもったみたいな感じだったが……すげえよ。完璧だ！」

寡黙な男が、お喋りになった。喜びが分かる。

「よし。後、ツマミが勝手に回らないように、押し込むことでロック、固定できるようにした。変える時は、カチッていうまで引っ張ってくれ」

「なるほど……こりゃあ、安心だ」

首に掛けたまま仕事もするだろう。動き回った時のことを考え、ボリュームを調整するツマミをロックできるようにしたのだ。

考えられるだけの状況の想定はした。耳にきちんと嵌り、動き回っても落ちないようにしたのも、この辺境の者として、戦いにも出ることを考えたからだ。

そして、もう一つ。とっておきの機能を搭載《とうさい》した。

「それだけじゃないぜ？　外す時とか、万が一にも失くさないように帰納《きのう》の機能をつけた」

「キノウ……キノウ？」

「へへっ。まあやってみてよ。側面に爪を引っ掛けられるところがあるだろ？」

「……これか？　っ、開いた……ボタン？」

黒い小さなボタンがあった。

「それ、押してみ」

「お、おお……っ!!」

すると、耳から補聴器がパージされ、ヒュンッとカーブを描いて、手元の四角い本体にある収納所にカチッと嵌った。

「はあ!?」

「どうだ!?　すげえだろっ！　飛び道具が戻ってくる的なやつをイメージしたんだよ！　五メートル以内なら、どこにあっても、そのボタン一つで戻ってくるんだぜっ！　カッコいいだろ!!　だから、帰ってきて納めるってことで帰納っ。まあ、仮だけどなっ」

帰納とは、思考法みたいなもののことでもあったはず。とりあえずの仮の命名だ。

「……フィル坊……お前……天才か⁉」

呆然とそれに目を落としていたルカ爺が、目を輝かせて笑った。

「なんだこれ！　なんつうものを作ったんだ！」

大興奮のルカ爺が、思わずフィルズを両手で抱え上げて高い高いをする。さすがにフィルズも驚いた。

「わははっ。辺境の男は鍛え方が違うようだ。

「ははっ」

いつもなら戸惑うフィルズも、これだけ自信のあった作品を褒められたとあって、子どものように素直に声を上げて喜んだ。

寡黙に徹していたルカ爺の楽しそうな笑い声が聞こえたのだろう。不思議そうに、周りの家から顔を覗かせる年配の者達と目が合った。

「「あ……」」

ちょっと気まずくなり、フィルズが降ろされる。

そして、改めてルカ爺は補聴器をつけ、フィルズに問いかけた。

「で？　これは今いくつ用意できて、いくらなんだ？」

ニヤリと笑って、商品について話すルカ爺。それに同じように笑って返す。

「今用意できるのは二百個だ。で、値段は金貨一枚」

「一万セタだと⁉　安過ぎる！　画期的《かっきてき》な魔導具だぞ⁉」

「いや。だって、必要なものだろ？　別に欲しくないけど、ないと生活に困るってやつ。だから、この値段でいいんだよ。まあ、これは最低価格のやつ。貴族向けとか、もっとオシャレなやつは、それなりに値段上げるつもりだから」

前世の微かな記憶だと、補聴器は片耳だけでも三万円ほどしていた。高い物になると五十万円というのもあったはずだ。

「あっ、メガネも完成したぜ。髪の毛一本か血を一滴使うかたちで微調整してある。ルカ爺のはコレな」

メガネは作る時に、自分の感覚に合わせてレンズや形を調整するものだ。だが、日によっても見え方は違う。何より、人によって感覚も違うだろう。これで見えるから良いと妥協している場合もあった。検査にも時間がかかるし、面倒だ。

そんなことを考え、視力をより簡単に検査するにあたって最も適したのが血だった。血の中には、魔力も籠る。個人を区別できるように、魔力は人によって違う。そこから何らかの数値が出ないかと研究した賢者がいたらしい。

最終的には血一滴で病気などを判別できるような物を作りたかったみたいだが、実現することなく、書きかけの研究書が残っていた。

フィルズはその研究を利用して、メガネの細かい調整ができるのではないかと思ったのだ。結果、視力については解析できるようになった。

個人の体の最適な状態を導き出すため、見え過ぎて頭が痛いなんてこともなくなる。こうしてメガネの魔導具が出来た。ただのメガネではない。れっきとした魔導具だ。

装着者が慣れてきたら段々と度を自然と上げていく仕様。片目ずつで大体1．5まで上がるように制限をかけている。

「耳に掛けて、後ろで固定できる。ブリッジの中央にある魔石に魔力を流すと固定されるから、やってみてくれ。取る時も同じ。魔力に反応して着脱できるんだ。これ、戦闘もする人用。一般のは固定機能なし」

スポーツをする人でも使えるメガネというのが前世の記憶にあったため、それを利用した。もちろん、割れにくい素材を使っている。

着脱時に、みんなでブリッジをクイッとやってもらうという案は、フィルズの遊び心だ。

「今回持ってきたメガネは全部これ。値段はこっちも金貨一枚。因みに、一年くらい使ってたら、メガネなしでもある程度見えるようになってくるはずなんだ」

「は？　いや、目は神官様でも治せんって……」

「うん。視力が落ちるのは、その状態を受け入れたってことを意味するからな。まだ実験段階だけど、期待していいと思う。視力回復効果も見込んで、この値段にした」

「……とんでもねえな……」

メガネをかけたら、ほぼ一生メガネ生活。それは、望んでそうなったわけでもないし、環境や遺《い》伝《でん》によるものだと、どうすることもできない。

それなのに、メガネを買う必要がある。補助が出るわけでもなく、何年かに一度、免許《めんきょ》の更新などで、嫌でも買い替える必要がある。

視力が良くなる訓練もあるが、わざわざ機械を買ったり、時間を使ったりしなくてはならない。

それならば、メガネ自体にその効果が現れるようなものがあればいいと思った。

せっかく魔導具として作るのならばと、自然と視力を鍛える付与を施したのだ。更に、見える状態を覚えさせることで、神聖魔法での回復が可能になる。とはいえ、回復の見込みがあるのは大体両目で1．0くらいまでだろう。それでも、裸眼でそれなら良い方だ。

メガネも掛け、笑顔を取り戻したルカ爺は胸を叩く。

「よしっ。なら、他の奴らも呼んでくるぜ。これなら、外に出られるんだろ？」

彼の言う外とは、外壁の外のことだ。

「うん。そのために今持ってきた。人数的に厳しくなってるっぽいから、爺ちゃんや婆ちゃん達にも手伝ってもらえたらな～ってさっ」

「ははっ。いいぞっ。若いもんにはまだまだ負けんわい！」

「討伐に参加したら、爺ちゃん達なら金貨一枚くらいすぐだろ？」

「当たり前じゃ！」

ニカッと笑うルカ爺。ぼうっとしていた老人はもういない。

そうして、自宅待機になっていた年配の者達が補聴器を着け、メガネを掛け、剣や武器を持って外壁前の司令本部前に集まった。

「……マジか……」

ケトルーアは、やる気満々の年配の者達を見て震える。

因みにスイルは、さすがはフィルズだと軽やかに笑い、集まった者達に『頼む』と言い残して本部に戻って行った。相変わらずカッコいい人だ。

一方、ここを任されたケトルーアはというと、どうしたらいいのかと頭を抱えていた。

「おうっ、ケト坊。俺らも使えや」

「いやいや、え？　どうなってんだ？　ルカ爺、その目のは何？　ってか、耳は？　聞こえないんじゃねえの？」

「聞こえとるわい！　これはメガネ、魔導具だっ。お前の間抜け面もよお見えるわ。ええから指示出せ！　俺らの戦い方を、若いもんに見せたるわいっ」

「「「「おおっ!!」」」」

「……っ……」

戸惑いながら、フィルズへ助けを求めるようにケトルーアが目を向ける。

「爺ちゃん達なら大丈夫だって。今でもずっと、体は鍛えてたし」

フィルズは趣味の関係で、職人街にはよく通っていた。そこで、朝早くから庭先で、木刀ではないが、木の棒や鉄の棒を振って、素振りの練習をする老人達を見ていたのだ。

若い頃からの習慣というのは、中々変わるものではない。だから、彼らは問題なく動けるはずだ。ただ、指示が聞こえなかったり、見えづらかったりすることで、戦闘に出るのが不安だっただけ。

それが解消された以上、何の問題もなく日頃の鬱憤《うっぷん》を晴らすことができるだろう。

それは本当かとケトルーアがルカ爺を見る。

「……そうなのか？」

「当たり前だ！　寝たきりになど、死んでもならんぞっ」

「いや、死ぬ時は大人しく寝てくれ……」

「ふんっ。大人しく死ぬと思うなよっ。なあっ」

「「「「そうだ、そうだ！」」」」

「……」

ものすごく元気だ。ケトルーアが押され気味なのが笑える。

「っ、ほら、ケト兄。さっさと指示して爺ちゃん達出せよ。俺も出るし、爺ちゃん達は、ビズやエン達にも見ててもらうからさ」

《ヒヒィン》

「……ビズ嬢ちゃんか……分かった」
ビズの面倒見の良さや強さは、ケトルーアも知っている。よって、少しは安心したらしい。
「じゃあ。行くぜ、爺ちゃん達！」
「「「おおっ!!」」」
《ワフっ》
《クンっ》
《キュン！》
《クキュ！》
「ん？　なんか一匹多い……？」
ケトルーアがジュエルに気付いたようだが、フィルズはさっさと駆け出したルカ爺達を追う。
「出陣じゃぁぁぁ！」
「「「おお!!」」」
門を駆け抜けていく老人達に、兵士や冒険者達は何事かと驚きながらも、呆然と見送るしかなかった。この日から、元気な老人が増え、町に新たな活気が宿っていくことになる。

ミッション⑤　視察と任された指導

とっくに引退したはずだった年配の者達が参戦してから二日が経った。

広場では、若い者達に戦い方の指導をする姿も見られる。教える側も教えられる側も生き生きとしているのが分かった。

そこには、セイスフィア商会の移動販売車が当たり前のようにあり、それを目当てに人が集まってもいた。

冒険者も一般の住民達も関係なく、大人も子どもも、今日はどんなものが売り出されるのかと楽しみにしているようだ。

そして、クラルスやローズ、ペルタ達にはファンが付き、歓声が上がるのも日常となりつつある勢いだった。

そんな中、お忍びスタイルでファスター王が馬車に乗って到着した。

「到着しました」

「ああ」

今回は、前回とは違い、ラスタリュートはいない。傍にいるのは、近衛騎士をまとめる男だ。ファスター王の幼い頃からの側近の一人でもあった。

「お前も、辺境は久し振りだろう」

「はい……」

彼は常に表情が変わらず、寡黙な男で、必要以上に話をしない。色々と抱えている悩みもあるようだが、とても察しづらい。それが幼い頃からの友人でもだ。

しかしファスター王は、彼がこの辺境を故意に避けていた理由を知っていた。

「お前……スイル・ウォールガンに振られたの、まだ引きずっているのか？」

「……そんなことはありません……」

かつて、スイルに憧れ、告白して玉砕《ぎょくさい》したという彼の苦い経験を、ファスター王は忘れていない。それから数ヶ月、まるで役に立たなくなったのだ。慰めるのにとても苦労したという記憶が残っている。

「じゃあ何だ？　言いたいことがあるだろう」

「……いえ……この馬車はすごいなと……」

「……ふん。まあいい。この馬車がすごいのは本当だからな」

本心は違いそうだ。恐らく、今回連れてきた者のことを気にしているのだろうと当たりをつける。

それと、何らかの企みがあると察したのかもしれない。

ファスター王はフードを被り、馬車から降りる。服装もそれほど華美《かび》でないものを選んではいるが、貴族に多い金髪や目の色は誤魔化せない。よって、視察の時は、フードを目深《まぶか》に被るのが常だ。騎士もそうしている。

旅人や顔に酷い傷を負った者がこうした姿で町を歩くため、怪しいが、それほど目立つことはない。

ファスター王は、まず広場の賑やかさに驚いた。まるで、お祭りでもしているような騒がしさなのだ。

「これはまた賑やかだな……氾濫は終わったということか？」

そう呟く姿に、エン、ギン、ハナ、護衛で相棒のクマ、ローズと共に散歩をして通りかかったクラルスが気付いた。目深にフードを被っていても、その馬車にクラルスは見覚えがあったため、誰が乗って来たのかがすぐに分かったのだ。

「あら？　なんか知ってる馬車だと思ったら……お久し振りですっ」

「おお。クーちゃんか。ん？　ということは……なるほど。この賑やかさは、セイスフィア商会の営業か？」

「はいっ」

ファスター王も、クラルスのことを『クーちゃん』と呼んだ。それはお忍びであるという証だった。クラルスもそれに合わせてお忍び用の名で呼ぶことにする。

「ファシーはどうしたんです？　視察？」

最後の『視察』は、近付いて小さく告げる。その際、チラリと傍《かたわ》らにいる騎士にも目を向けた。彼がファスター王から離れないところを見て、クラルスはある程度、この騎士とファスター王との信頼関係を察する。

クラルスがそんな鋭い洞察力《どうさつりょく》を持っているとは知らないファスター王は、微笑みながら頷いた。

「ああ。フィルもいると聞いて、それならばと思ってな。あと、あの馬車の乗り心地を確認するのにいいだろう？」

「ふふふっ。遠出したかったんですか？」

「そうとも言うな。もちろん一番はフィルに会いにだ。それも、リゼンを出し抜いてというのが重要だろう」

「ぷふっ。後ですごい手紙が届きそうだわっ」

「今頃書いているのではないか？」

あははと笑い合う。

騎士が無表情なままなのは気になるが、二人は構わず近付いていく。

そして、ファスター王は足下のエン達に目を向ける。

「なんとも可愛らしい……これもフィルのものか？」

クマやウサギを知っているファスター王は、エン達もフィルズが作ったものではないかと思ったらしい。それだけ、クマ達が生きているように見えるということだろう。

クラルスは屈み込みながらクスクスと笑い、エン達を代わる代わる撫でる。

「この子達は、フィルが連れてきたんです。ビズちゃんと見つけたとかで。フェンリルの亜種なんですって」

「ん？　ということは……」

ファスター王は同じように屈み込み、賢くお座りして自分の方を見ているエン達を見つめながら、声を落とした。

「……『守護獣』？　こんなに人の多い所で大丈夫なのか？」

守護獣といえば権力者が欲しがるものだ。金が欲しい者達は、これが貴族に高値で売れると知っている。ただでさえ、氾濫で多くの人が出入りしている時だ。そこでこのように見せて平気なのかと、ファスター王は心配していた。

過去には、無理やり誓約者から引き離し、貴族が王へ献上《けんじょう》したという記録もある。ただし、両者が同意した誓約が叶《かな》わなければ、守護獣は病んでいき、寿命を縮めると言われていた。無理にでも手に入れようとするのは、頭が悪く、利益しか見ていない者に他ならない。

「ええ。もうフィルとの誓約は済んでいるし、フィルも上級冒険者だもの。何より、この子達も強いんです。氾濫で大活躍してるって。ねえっ」

《ワフワフっ》
《クゥウンっ》
《キュンっ！》
「おお……守護獣は賢いと聞くが……こんなに小さくても言っていることが分かるようだな……うむ……撫でてもいいか？」
これに、エン、ギン、ハナは、並んでトテトテとファスター王に近付くと、お座りをした。
《ワフっ》
《クンッ》
《キュン♪》
「ふふふっ。いいみたいですねっ」
「うむ。私はフィルの友人だ。よろしくな。むっ。なんと、ふわふわだなっ」
《ワフ〜♪》
「よしよしっ」
褒められたと喜ぶエン達がまた可愛くて、存分に撫で回したファスター王だ。
そんなところに、馬車から不安そうな顔で降りて来た、十六、七歳のよく似た少年と少女が唖然と、そして少し羨ましそうに見ながら歩み寄って来る。
それとほぼ同時に、クラルスを探しに来たらしいリュブランが、護衛の子どもペンギンと共にやって来た。

「クーちゃんママっ。フィルが呼んでるんだけっ……ど……っ」

駆け寄って来たリュブランが、父であるファスター王に気付いて、その速度を落とす。

因みに、『クーちゃんママ』というのが、普段のリュブラン達のクラルスの呼び方だった。

クラルスの、『ママって呼んで欲しいっ』という意見と、町に根付いた『クーちゃん』という呼び名が合わさった結果だ。クラルスが満足しているので良しということになった。

これが浸透し、公爵領の孤児院の子ども達は、ほとんどが『クーちゃんママ』と呼んでいる。

『可愛い子どもがいっぱい出来たみたいで嬉しいわっ』とクラルスは喜んでいた。

ファスター王は、リュブランがいたことよりも、その呼び名の方が気になったらしい。

「『クーちゃんママ』……なるほど」

「ふっふっふぅ。羨ましいでしょっ」

「私も呼ぶか」

「え、そっち？　やだあ。こんな大きな子どもは要らな〜い」

「ふっ。それもそうかっ」

「そうよっ」

「……」

仲が良いのはよく分かったと、少し遠くを見るリュブラン。

一方、ファスター王とクラルスの会話も気になるが、それよりもと、リュブランを気にして見つめる者がいた。

少年と少女だ。そして、同時に呟く。

「「リュブラン……？」」

その声に、まさかと目を向けるリュブランは、目を見開いた。

「……カリュ兄上、リサーナ姉上……」

お互い見つめ合う。だが、すぐにリュブランが気まずそうに目を逸らした。

これに、クラルスが反応する。

「リュー君のお兄さんとお姉さん？」

「……はい……」

「へえ。第二王妃様の、一つ上の双子のお兄さん達ね？　一緒に視察？」

最後のは、ファスター王への確認だ。これに、彼は少し目を泳がせた。クラルスは目を細めてそれを指摘する。

「なあに～？　何か企んでるの？」

「っ、その……フィルに預かってもらおうと思ってな……」

「え？　なんで？」

「……少々、周りが怪しくてな……それと、コレも置いていく」

「コレって……聞いてないって顔してるけど？」

コレと指されたのは、騎士の男だ。ファスター王とも年回りが近そうな近衛騎士は、声には出さないが『えっ⁉』という顔をしていた。

「お前のその顔……久しぶりに見たな……」

「表情筋が死んでそうな人だものねえ」

「……」

クラルスがすかさず指摘する。それは心配しての言葉だ。ファスター王も大いに同意して、何度も頷く。

「そうなのだっ。女性達にも、『無表情過ぎて面白くない』『いつも怒ってるみたいに見える』と振られ続けていてな。未だ未婚だ。こんなに表情が変わったのは何年振りか……」

「あらら。それは困るわね。ダメよ？　歳取ると、どうしても硬くなっちゃうから、意識してでも少し動かさないと」

「っ……」

そう言いながら、クラルスはその騎士へと近付いていく。彼が少し驚いているらしいと、その瞳からクラルスは読み取っていた。

「表情が分かりづらいお年寄りとかいるでしょう？　周りと一緒に笑ったりするのって大事なのよ。一人だけ笑わないとか、楽しそうに見えないのって、場を台無しにしたりするでしょ？　それでお友達を失くしたりしたら悲しいじゃない？」

　これに口を挟んだのは、リュブランだった。

「そうなのですか……？」

「そういう場面っていうのが、分からないかしら？　そうねえ……王宮を知ってるリューちゃんなら分かるはずよ？　ほら、周りに合わせて無理にでも笑ったりすることなかった？　パーティとか、人が集まるところで」

「……ああ、なるほど」

　空気を読まなくてはならない場所としては、王宮が一番分かりやすいだろう。

「そういう時ね。表情筋が動きにくくなってる人って、本人としては動かしてる気でいるのよ。けど、実際は動いてなかったりするの。リュー君も、うちに来た最初は少しそうなってたわよ？　笑い方がぎこちなかったわ」

「そ、そうでしたか……？」

　それは嫌だとでも言うように、両頬を手で押し上げるようにして揉むリュブラン。それにクラルスは笑った。

「ふふふっ。今は大丈夫よ。フィル達とも一緒になってよく笑うでしょう？」

「っ、はい……」

「だから大丈夫。ってことで～」

「ッ……」

騎士に詰め寄り、腰に手を当て、その顔を見上げるようにして立ち止まったクラルスは宣言する。

「あなたの表情筋は私が鍛えるわっ！　立派に爽やかな、モテモテになる騎士様にしてあげる！」

「っ……」

クラルスの気迫に押され、堪《こら》え切れずに半歩下がる騎士。

そこに、フィルズがやって来た。

「何だ？　母さん。何の勝負中だ？」

「違うわよお。私がこの騎士さんの表情筋を鍛えるって話をしてたの」

「演技指導か？　まあ、いいが……その騎士、多分母さんみたいな女に免疫《めんえき》なさそうだから、あんまグイグイいってやるなよ？　そういう男って、繊細《せんさい》なんだからさ」

「……繊細な男……そのようねっ。なら大丈夫よ！」

「ん？」

「公爵様もそうだったもの。そうね。これはあの人に似てるわ。初めの頃のあの人の表情筋にそっくり！」

「っ……」

クラルスの目が、一層鋭く輝いた。懐かしそうに思っている顔だが、それはリゼンフィアの『表情筋』が懐かしいということらしい。

フィルズとファスター王は、この場にはいないリゼンフィアに同情した。

「……表情筋か……」

クラルスにとっては、国でも上位の美男子に入るリゼンフィアの顔よりも、彼の死にかけだった表情筋の方が印象的だったようだ。

クラルスに詰め寄られ、どうしたらいいのかと弱った顔をしている騎士。それを見て、フィルズも眉を寄せた。

「ああして、あの人も鍛えられたのか……」

既に鍛えられ始めているようだ。困った顔がよく分かる。

「なるほど。リゼンをな……うむ。やはり、すごいなクーちゃんは」

ファスター王も、昔のリゼンフィアを思い出して頷き、感心する。

「同時に精神的にも鍛えられるから、精神修行にもなっていいんじゃねえか？　リュブランだって、はじめの頃はママなんて呼ぶのも躊躇《ためら》ってたのが、今や自然に『クーちゃんママ』って呼んでるし」

これに、リュブランが顔を赤くした。

「っ、そ、それはっ。ま、町のみんなもそう呼んでるしっ」

「けど、最初は抵抗あったろ？　今みたいに顔真っ赤にしてさ〜」

「うっ……」

「今や、客にも爽やかで明るい王子様って人気だぜ？」

「そうなのかっ」

ファスター王が食いついた。

「っ……うぅ……」

「王宮で膝抱えてた奴には見えねえだろ？　普通に『王子様』って呼ばれてるのを知った時は笑ったけどっ」

「バレてそうなった、というわけではないのだろう？　それは笑うなあ」

「だろ？」

「っ……フィル……っ」

ファスター王と一緒になって、少しからかい過ぎたようだ。

「おっと。リュブランで遊んでる場合じゃなかった。母さん、新しい菓子が出来そうなんだよ。試食したいって言ってただろ」

「っ、フィル君のお菓子！　食べたい！　すぐ行くわ！」

《キュン！》

「ん？　ハナも食べたいのか？　ん～。まあ、いいけど。なら行くぞ」

頭を一つ振ってフィルズはさっさと来いと示す。クラルスが駆け寄ると、ファスター王も軽く手を挙げて歩み寄って来る。

「私もいいだろうか？」

「ああ。ついでに、ケト兄やスイル姉の所に案内してやるよ。けど、その前に……」

フィルズはマジックバッグから、銀の装飾のされた、黒い一センチ幅くらいの腕輪を取り出して手渡す。

「これやるよ」

「ん？　腕輪？」

「俺が作った魔導具。商品にするには、人を選ぶから、知り合いにやるだけにしようと思ってさ。これ、髪と瞳の色を黒く変える【暗色《あんしょく》変換】と服装を一瞬で変えられる【装備変換】の魔導具なんだよ」

「……ん？」

フィルズが発明した魔導具だ。最初は二つを別々の魔導具としていたが、今はこれを改良して一つにまとめている。

「お忍びだからって、フード被りっぱなしじゃ不便だろ。ただでさえバタついてるところだし」

「いや、な、何の魔導具と言った？」

聞いたこともない効果の魔導具に、ファスター王は困惑していた。

それを見兼ねて、クラルスがやって見せる。

「こういうやつよ♪」

クラルスが着けている腕輪に触れながら、くるっと一回転すると、再び正面に向き直った時には、髪色が黒、瞳の色も黒、そして、服装が目立たない町娘仕様から、営業用の衣装の一つである制服姿になった。帽子もしっかり装着されている。片手を帽子のところにやって、もう片方の手を腰に当てる。そして、ウインクしてポーズを決めた。

「なっ……」

「え……」

「っ!?」

初めて見たファスター王達は驚いていた。前回ファスター王が来た時には、これは見せていなかったのだ。

「まさか……ずっとこうして変えていたのか？　前の時も？　よく染まる染料だと思っていたんだが……」

フィルズの髪や瞳の色がたまに違うなとは思っていたらしい。この世界にあるのは、染料だ。目の色を変える目薬もあるが、高い。だが時には、貴族達は特徴ある髪や瞳の色を変える必要も出て来るため、高くても買うというわけだ。

「魔法で変えてるだけだから、体に害もないし、いいだろ？　慣れれば、母さんがやったみたいに、二ついっぺんにできるようになる。まずは腕に嵌めて、赤と青の二つある魔石にそれぞれ魔力を込めてくれ。それで個人の登録をする」

「う、うむ……」

ファスター王は素直に従った。

「青の魔石が髪と瞳の色を変える。その石に触れて、発動を念じながら少しだけ魔力を流す」

「……こうか？」

「わあっ、変わったわよ！　鏡見る？」

「あ、ああ……」

クラルスが手鏡を出してファスター王に姿が見えるようにする。

「っ、おお……黒だな……」

「ちょい薄くなるけどな。どうしても貴族の髪とかは、明るい色だからさ。光に当たると灰色っぽいかも。けど、灰色の奴も結構いるから、問題ないだろ？」

「ああ。充分だっ」

そうして、ファスター王は嬉しそうにフードを脱いだ。

「そっちの赤いのが服を替えるやつなんだが、替えの服を登録《ストック》してないから、後で方法を教えるよ。で、慣れると同時にこんなこともできるようになる」

フィルズはニヤリと笑って、着けている腕輪に触れながら、クラルスのやったように回って見せる。すると、誰もが息を呑み、ファスター王がまず叫ぶ。

「っ!!　お、女の子になった……!?」

「ちょっ、フィル!?」

「きゃぁっ、フィル君、カワイイ!!」

これはリュブランもクラルスも知らなかったのだ。

薄い茶色の髪と瞳。ピンク色の簡素なワンピースに、紺色のフード付きローブ。髪には赤いリボンをつけた、どこからどう見ても美少女。フィルズとは別人だった。

「どう！　これは【暗色変換】じゃなくて【色彩変換】だから、髪と瞳の色も自由に変えられるんだ～。娘さんに見える？」

その仕草や声質まで変えたフィルズは、スカートの裾《すそ》を持ってひらりと回って見せる。

「……娘だ。それもっ、美少年……いや！　美少女だな！」

「ふっ。あったり前でしょ？」

ちょっと不敵に笑うフィルズに、ファスター王の顔はゆるゆるだった。そして、リュブランだけでなく、第二王子と王女も顔を赤らめて見惚れていた。

「そっちの王子様と王女様、それと騎士には悪いけど、今回は貸すだけね。魔力を覚え込ませて、青い石の方で、変換。やってみてっ」

「「は、はい……」」

「……はい……」

動揺しながらも、双子と騎士は、少女口調のフィルズから受け取った腕輪を着けて、髪色と瞳の色を黒に変えた。

「よ～っし、じゃあ……パパ、私が案内してあげるね♪」

そう言って、フィルズはファスター王の腕に抱きつく。これに驚きながらも、ファスター王は嬉しそうに微笑んだ。こんな経験は初めてで、だからこそ嬉しかったようだ。

「っ、パっ、う、うむ！　頼む。その……」

「フィーナって呼んでっ」

「わ、分かった。フィーナ。案内してくれ」

「は～い♪　視察デートね！　みんなもついて来てよ？」

「「「「……」」」」

こうなると、本当に普通に娘にしか見えなかった。

「ふふふっ。さすがは、私の娘ね！」

クラルスだけは心底誇らしそうに胸を張っていた。

因みに、後日王宮に帰還したファスター王は、リゼンフィアに『娘になったフィルと視察デートした。めちゃくちゃカワイイ娘だった』と自慢し、彼を混乱させることになる。

どこからどう見ても、辺境に遊びに来た親子にしか見えないフィルズ扮《ふん》する娘のフィーナとファスター王。二人は、戸惑う双子の王子と王女や騎士、クラルス達を引き連れて、辺境の町を歩いていく。

「あそこの青果店は、この辺で一番古くて、一番品揃えがいいんだっ。店主がこの辺の顔役もしてるから、色々と面白い話も聞ける。辺境の歴史とかも全部、知ってるんだって」

「ほお」

ファスター王と手を繋ぎながら、指を差してフィルズ《フィーナ》が説明する。

「あと、宿屋はあそこが一番かな。食事も美味しいんだよ。独自の警備員も置いてるから、安心して眠れる。なんでも、先代の辺境伯に恩のある商人が、女性でも安全に泊まれる宿を望んだ辺境伯の想いを叶えたくて作ったんだって」

「そうなのか……よく知っているなあ」

「でしょ？」

得意げに笑う顔が、今の女装したフィルズにとてもよく似合っていた。

そうして町を軽く見回り、辿り着いた先は、外壁近くの広場だ。

「あれは……商会のか？」

ファスター王が、広場の端に停めてあるコンテナハウスや販売車を見て確認する。こうした見慣れないものは、フィルズに関係していると思っているようだ。

その見解は今のところ当たっている。

「そうっ。馬が必要ない魔導車！　馬車より断然速いんだからっ」

「ほおっ。それは是非とも乗ってみたい」

「ん〜。氾濫もあと一日、二日で終わるし、その後、公爵領に帰る時に乗せてあげてもいいけど？」

「なら頼もう。それと、ついでに数日泊めてくれ」

「仕方ないなあ。けど、その代わり、協力してもらいたいことがあるんだけど」

「構わないぞ」

そんな会話をしながら、魔導車の方へ向かう。人が少なくなる裏に回る頃、それまで黙っていた王子と王女が、我慢ならないというように口を開いた。

「ちょっと、あなた。黙って聞いていれば、王と分かっていながら、何という話し方をっ」

「無礼にもほどがあるっ。その上、平民ごときが王に無遠慮に触れたばかりか、取り引きしようなどとっ」

フィルズが振り返ると、リュブランは双子を見てぽかんと口を開けていた。そして、その言葉を頭で理解し終えると、呆れてそっとため息を吐く。

クラルスも目を瞬かせて『へ〜』というような表情を浮かべている。

エン、ギン、ハナとローズは、彼らを見上げて座り、揃って『何言ってんの？』と首を傾げているようだった。

そして、フィルズの反応はこれだ。

「ぷっ。あははっ。こっちに預ける理由の一つがコレ？」

「う、うむ……すまん……」

フィルズは、事情を知っていた。預けることも事前に話し合っていたのだ。

ファスター王は申し訳なさそうに顔を顰める。

フィルズは、そんなファスター王の背中を叩きながら、魔導車の扉を開けて、そこに足をかけながら振り返って笑った。

「あははっ。やだあ。もうっ、どんな育て方してんのさ！」

最後になるほど語気強めに、ちょっと苛立ちを表しながら言い放つ。ここからはお説教だ。笑顔の中に苛立ちがあるように見せておく。こうした器用なことも、クラルスの演技力を受け継いだフィルズには可能だ。もちろん、これが演技で作った顔だとは、ファスター王も気付かない。

フィルズは、ファスター王達に、魔導車の中に入るようにと、握った手の親指だけを立てて示す。

エン達は、空気を読んだローズに連れられ、ビズが待機するテントへと向かって行った。そこでは、冒険者や兵士達が世話を焼いてくれるので助かっている。

ファスター王達が魔導車の中に入ったのを確認してから、フィルズは本来の冒険者仕様の服に戻り、髪色と瞳も本来の色に戻した。

フィルズは振り向かずに奥に進みながら吐き捨てるように続ける。

「ったくっ、平民ごときがっ、とか言うのを、将来国の中枢に置くつもりかっ。王族だろうが何だろうが、ガキの見本は大人だ。大事な時期に、世間知らずで恩知らずなバカな大人を傍に置いてどうする！」

「す、すまん……」

ファスター王は、思わず素直に謝っていた。

王子と王女は唖然とする。自分達が悪いと思っていないことが分かり、フィルズは大きくため息を吐いてみせる。

「はあ……っ、たく……座れ。茶を淹れる」

「う、うむ……」

お説教モードに入るフィルズに、ファスター王は少しばかり肩を落としながら、勧められた椅子に座った。

フィルズはファスター王に背を向け、お茶を淹れようとお湯を沸かす魔導具を起動させながら続けた。魔導具の形は蓋のあるピッチャーのようだ。これで二リットルは入れられる。

「いいか？　ガキの間の行いや考え方は、周りの大人の責任だ。けど、これくらいになったらもうコイツら自身の責任になるんだよ。責任の取り方さえ知らん奴に責任を押し付けるのが、どれだけ迷惑なことか分かるか？」

「う、うむ……なるほど……」

ファスター王は座り心地の好いソファに腰を下ろし、少し背中を丸めながら申し訳なさそうに頷いていた。

「そんで、そんな責任の取り方を知らない子どもって評価は、親であるあんたのところにも行くんだよ。一度親になったらずっと親だ。親がいなくなったとしても、その親の子どもであることは変えられん。死んだ後も、子どもの評価がそのまま掛かってくる」

お湯が沸くまで一分ほど。説教はその間に済ませようと、フィルズは戸棚からティーカップを取り出して並べる。

「それだけ、切っても切り離せないんだ。そこを、いくら王族だからって、無責任に他人任せにしてどうする。王族だろうと何だろうと、親であることには変わらんだろ」

「た……確かに……っ」

親子であることは変わらない事実だ。その事実を周りも認めているわけだから、否定できるものでもない。

ティーカップは、シンプルな白地に雪の結晶《けっしょう》のような金の模様が入ったもの。それを、フィルズを含めた人数、七人分。少しだけ器を温めるための、レンジのようなウォーマーに入れて数秒待つ。

因みに、騎士もきちんと椅子に座るよう、クラルスが勧めていた。断るのも見越して、ファスター王達が座る場所とは別にあるテーブルに案内している。そこにクラルスも座った。

「王侯貴族の子育て事情ってのは分かってるつもりだ。けど、どれだけ他人に教育を任せたとしても、その成果の確認くらいはして良いはずだ。王なら、次の代のことも考えるだろ。それとも、あんたは自分が死んだら、その後の国のことなんて知らんって思ってるのか？」

チラリとファスター王にフィルズが視線を向ければ、彼は勢い良く否定した。

「そんなことはないっ」

「なら、尚更だろ。次の代を任せる子どもらがどう育っているのか、自分の考えを継承《けいしょう》してくれるかどうか、確認しなくてどうする。それも王の仕事じゃないのか？」

「そ、そうだな……」

ファスター王は考え込みながらも、その通りだと頷く。フィルズはそれを確認して、視線を手元に戻すと、大きめのティーポットに茶葉を入れる。

「あんたは、俺なんかの話もこうしてきちんと聞いてくれる。いい人だし、仕事への向き合い方も好感が持てる。この国の民も国への不満は少ない」

沸いたお湯の温度を、湯沸かしの魔導具についている温度計を見て確認し、お湯をティーポットへ入れる。湯気と共に香ってくる茶葉の香りに、フィルズは思わず満足げに目を細めていた。

「まあ、不満を持てるほど余裕がねえってのもあるんだが……おおよそは、現状を受け入れてる。そんなあんたが、その子ども達の評価で減点されるのは……納得できねえ」

「……っ、フィル……っ」

ファスター王は、フィルズの想いを聞き、少しばかり感動したようだ。香りに癒され、自然に本音が出てしまった。

フィルズはその照れを誤魔化すように慌てて言葉を続けながら、仄《ほの》かに温まったティーカップをウォーマーから出してトレーに並べ、手際良くお茶を注いでいく。

「っ、何だよ。だってバカバカしいだろ。あんたが努力してんの知ってるし……」

暮らしやすいとか、賢王《けんおう》だなどという評価が聞こえてくるほど好感を持たれているわけではないが、悪い王だと言われることはほとんどないと知っている。

現状を受け入れられる国ならば、悪くはない。誰もが王を称《たた》え、全てを受け入れるなんて国は逆に気持ち悪い。国民の考える力さえ奪い、全てを押しつけている独裁《どくさい》国家と変わらない。それは、決して良い国とは言えないだろう。

それを考えると、今のこの国は、国王は悪くないのだ。不満が上がれば、それについて上が考え、何とか解消しようと動けるようにもなっている。

本当に誰もが納得できる国なんてあり得ない。不満を持つ者がいて、満足を感じる者がいる。その両者のどちらも納得させるのは酷く難しい。そんな夢のような国はないのだ。

それでも、少しずつ、それに近付けることはできる。誰もが努力し、認め合うことができれば、そうした国に一歩近付けるはずだ。

「だから、まずは自分のために、こいつらをちゃんと見ろ」

「持ってく」

お茶が入った頃合いで、リュブランが立ち上がってトレーごと受け取る。

「おう」

給仕《きゅうじ》も問題なく自然にできるようになったリュブランは、その行動に不思議がる王子、王女を気にせずにテーブルに並べていく。

安心して任せられると分かっているフィルズは、お茶請《ちゃう》けにするために作っておいたプレーンのシフォンケーキを冷蔵庫から取り出し、切り分ける。

お茶を配り終わったリュブランは、ケーキを見て目を輝かせながらも、お皿を取り出しにかかっていた。こうしたことも、リュブランは言われなくてもできるようになっている。

「自分に余裕がねえ内は、他人に手を貸す必要はねえ。お節介《せっかい》になるからな。有り難迷惑ってやつだ。だから、まずは自分のためにって考えればいい」

リュブランがお皿を並べながら首を傾げて口を挟む。

「でも……子育ては違うんだよね？　町の、お母さん達がそう言ってたよ？」

「「「……」」」

ここでリュブランが口を挟むとは、ファスター王や双子は思わなかったらしい。当然だ。昔の、王宮で厄介者《やっかいもの》とされていた頃のリュブランならば、この場でも大人しく小さくなっていただろう。

これに、フィルズは少し笑った。こうしたところで意見を出せるのは良い傾向だ。リュブランが並べたお皿に切り分けたケーキを置き、ベリーのジャムを添えながら、フィルズは答えた。

「まあな。子育てってのは、余裕が出来るまで待っちゃくれねえ。それでも、余裕が出来るように考えるべきだ。自分のために。それはそのまま、子どものためにもなる。親が無理してれば、子どもにもその皺寄《しわよ》せが来るもんだ。イライラした奴に世話焼かれて、嬉しいか？」

「それは……嫌だ」

「そう。嫌だ。けど、子どもはそれを親に言えねえ。世話を焼かれて嬉しいと思うことさえ知らないかもしれんし、不満を口にして見捨てられるのを怖がってるかもしれん。でも、余裕がないから、親はそんな子どもの気持ちを察することさえできねえ」

この状況が慢性化することが、親にとっても、子どもにとっても一番不幸だ。

全部の皿にケーキを載せ終わるのを待ちながらリュブランは考える。

「……余裕を持つって……大事なんだね……」

「ああ。その余裕ってのも、誰かに助けを求めないと生まれないものかもしれない。考えることも必要で……そもそも、余裕がないことに気付いていない場合もある。そういうところを、国に代わって教会が見てくれてるんだ」

「そういうことです」

応える声があった。それは、移動販売車と繋がる通路のドアを開けて入って来た神殿長だ。今まで店の手伝いをしていた彼は、どうやら休憩に入るらしい。

ここへ来てから、時々はこの領の教会に顔を出したりしているが、大半は店の手伝いを嬉々としてやってくれていたのだ。

護衛に付いている子どもペンギンが、ここでの話を伝えていたのだろう。何の話をしていたのか、きちんと分かっている様子だ。状況に応じて子どもペンギンには、この魔導車の中の様子や会話が分かるようになっている。

「ただ、王侯貴族には適応していませんけどね。そのせいで、フィル君みたいに勝手に自立しちゃう子や、リュブラン君達のように、追い詰められて無茶な行動を起こす者が出てしまいました」

神殿長的には、反省している点らしい。

「……自立するんだからいいだろ」

呆れた表情を神殿長に向けるフィルズ。その間に、リュブランがフォークを添えてケーキをそれぞれの元へ運んでいく。

「子どもらしく甘えて欲しいっていう、親心を理解してないじゃないですかあ」

「俺には必要ねえし、そっちに回す余裕はねえよ」

「回しましょうよ。フィル君はまだまだ余裕ありますもん」

「優先順位が低い」

「上げてください」

「……」

微笑みながらも強めに要求してくる。いつもここだけは、神殿長も譲歩《じょうほ》するつもりがない。

フィルズは顔を顰めながら、新たに出したカップにお湯を注いで温める。神殿長の分だ。

「……まあ、俺のことは置いておけ。で、あんたの方の問題は分かったな？」

あんたと言って、ファスター王に顔を向ける。

「うむ……夫婦の関係だけでなく、その子どものことも考えるべきだな……神殿長、また相談に乗ってもらえるだろうか」

「もちろんですよ。私は、そのためにいるのですから」

神殿長は、ファスター王に良い笑顔を向けていた。

「一緒に、フィル君に頼ってもらえるように考えましょうね」

「もちろんだ」

「おい……」

ファスター王も良い笑顔でこれに同意していた。

「ったく、まあいい。次はお前らだ」

そうして、フィルズは、場の空気に戸惑っている双子に声をかけた。

王子と王女は、フィルズにいいように言われているファスター王の様子にも動揺しているようだった。

「お前らは少し考えが足りないな……俺がこんな風に話していて、王が不快そうに見えたか？」

「「っ……」」

「様子を見て、ちょっと考えれば分かるはずだ。こうやって俺が話しても、問題がねえってことに。違うか？」

「……そ、その……だが、王と親しくするなど……」

「そんなこと……あってはなりませんわっ」

「……はあ……」

自信満々で言っているわけではないので、恐らく誰かから、どこかから得た認識なのだろう。だが、それでも口にするのは良くない。

フィルズは、手を額にやって、また大きくため息を吐いてみせた。この二人に理解させるのは、頭の痛い問題だ。

「これは時間をかけた方が良さそうだな……今色々言ったところで、理解できねえだろ」

「っ、な、なんっ」

「っ、失礼ですわっ」

「そういうところが問題なんだよ」

「っ、何をっ」」

「黙れ」

「っ!!」」

威圧も込めて、フィルズは手で制する。

「まったく……とりあえず、ケーキ食っとけ。せっかくふわふわにしたのに、パサパサになったらもったいない。神殿長も要るか？」

「欲しいです！」

「だよな……」

フィルズは、お湯で温めたティーカップの具合を確かめてお茶を淹れ、切り分けておいたケーキを一切れ皿に置いた。それをまたリュブランがきちんとジャムをつけてから持って行く。

リュブランはそのまま、騎士のいるテーブルのクラルスの隣の席に着いて、嬉しそうにケーキに手をつけた。

フィルズが調理場から出ようとしたところで、クラルスが控えめに声をかけてくる。

「フィル～。お代わりない？」

どうやら、一口食べて気に入ったらしい。騎士や王子、王女も気に入って、夢中で食べている。ファスター王と神殿長は、よく味わうようにゆっくりと食べていた。とはいえ、目は輝いている。

この世界のケーキは、マドレーヌのようなものらしい。そしてとにかく甘いとか。砂糖は高級で、味はともかく、その高い砂糖をどれだけ多く使っているかが重要らしい。食べられるギリギリの甘さを見極められるのが、料理人に求められるものだというから、とんでもない。

もちろん、それが体に悪いことは分かっているのだろう。そんなケーキを食べるのは月に一度くらいだと、ファスター王から聞いていた。普段食べるお茶会やアフタヌーンティーでのお菓子は、焼き菓子一つ。砂糖を食べているのと変わらない甘さで硬いらしい。

顎は丈夫になるようだが、歯がボロボロになりそうだ。そのせいで高貴な女性ほど歯を見せて笑ってはならないらしく、扇や手で隠したりするという。歯が汚いのは確かに減点だろう。だが、それが恥ずかしいと思っているなら、なぜケアしないのかとフィルズは呆れたものだ。

そういう事情から、セイルブロードにある薬屋では、品数が少ないながらも、歯ブラシと歯磨き粉を初めから用意している。お陰で公爵領では、歯の綺麗な者が急増中だ。

歯磨き粉も魔法薬のため、虫歯を殺菌、消毒、歯垢《しこう》もすっきり取れる特別仕様だ。歯医者が存在しないから、そこまで求めた。当然のように、ファスター王やリゼンフィア、騎士団も大量に買っていっており、愛用していた。どうやら、王子と王女も使っているように見える。

それはともかくとして、フィルズはクラルスによるお代わりの要請に答えた。

「あるけど……まだこの後、新しい菓子の試食があるぞ？」

クラルスは、気に入るとそればっかり食べるので、注意が必要だ。別に太るからとか言うつもりはフィルズにはない。最近のクラルスはかなり動く。

舞の練習や、店での売り子。宣伝のために声も出す。これで太るなら、何らかの疾患《しっかん》を心配すべきだろう。フィルズも食事には気を遣っているのだ。それをクラルスも分かっているから、気に入っても遠慮することを覚えた。

「う〜……なら、リュー君、半分こしない？」

「いいですよ。これ、美味しいですねっ」

「よねっ。フィル君っ。半分こする！　ならいいでしょう？」

「まあ、そうだな。ならいい」

「やったあっ！」

新たに一切れ切り分け、それを半分にして、席に向かう。

それをクラルスとリュブランのいるテーブルに置きながら、フィルズは話を再開する。

「話を戻すけど、貴族って、そもそもの想像力が足りないよな……勉強してる意味ねえだろ」

「それって、大事なの？」

リュブランがまた問いかけてくる。彼は疑問に思ったら聞けば良いということに、最近ようやく慣れてきたところだ。

「想像力がなければ、国や領地をどうしたいかなんて考えられないだろ。理想を持つこと。その理想に現実味があるか考えること。現実にするにはどうすればいいのか考察《こうさつ》すること。これが大事だ」

「そっか……うん。すごく重要な力だね」

「そうだ。で、勉強ってのは、考察するために必要な情報を仕入れる大事なものだ。その機会を与えられているのに、生かせてない。それなら、お前達が馬鹿にする、勉強ができない平民と大差ないだろ」

「っ、そ、そんなっ」

「うん。そうかも」

「っ!!」

双子は反論しようとするが、リュブランはその通りだと納得する。そして、新たに知ったことを嬉しそうに喜びながら、ケーキを頬張ってから言った。

「あれだよね。過去、どうすることで国が繁栄《はんえい》したのか。逆に滅んだ理由とか、賢王と呼ばれた王は何をしたのかとか？　そういうことを勉強する機会を貰ってるんだから、それを情報として応用しないいんなら、勉強してる意味ないってことだよね」

全部活かせとは言わない。そんなことは無理があるだろう。だが、学ぶべきところは押さえてもらわなくては意味がない。

「そういうことだ。教師に出された問題が解けたからってだけで、頭が良いとか、偉いとかじゃねえんだよ。勉強ってのは、きちんと考えたり、覚えたりする力を無理にでも努力して鍛えるってことだ。お前らには、そもそもの気付きと負荷《ふか》が足りてねえな。それと、経験を活かすってことも知らないいんだろう」

「「……」」

意味が分からないという顔をした双子の王子と王女。ファスター王の前の席に着いたフィルズは、足に頬杖を突き、どうしたものかと、ファスター王の隣に座る二人を見て考える。

「ん～……リュブランに一人……とも思ったが、兄弟だしな……しゃあねえ。俺もずっと見てることはできねえし……ペルタっ、ちょっと来てくれっ」

二階に向かってそう声を上げれば、階段をスルスルッと腹ばいになって、ペルタが降りてきた。一番下まで来る前に、跳ねて空中で体勢を整えて危なげなく着地して見せる。

子どもペンギンもペルタも、斜めがけのマジックバッグを着けている。その前にある部分は、滑り易く頑丈な素材を使用しており、こうして廊下や階段を滑って移動することも可能だ。短い足でペタペタ歩くより断然早かった。

《呼んだか。ご主人》

「ああ。しばらく子どもペンギン達とその双子の面倒を見てくれ。店の手伝いをさせればいい。接客は初心者だから一から頼む。護衛もな」

《相変わらず、人形使いが荒いぜ》

「嫌じゃねえんだろ？」

《そう作ったのはご主人だ》

「まあな。面倒見が良くて助かってるよ」

《そりゃ、良かったぜ》

ペルタは、とても面倒見が良い。お陰でフィルズはかなり助かっていた。

《そのなりじゃ困るな。待ってろ。制服を用意してやる。着替えは一人でできるか？》

「えっ、え？　あ、む、難しい服じゃなければ……っ、何だ、これ……っ」

「わ、わたくしも……ドレスでなければ……恐らく……っ、何なのかしら……っ」

双子は、突然ペルタに話しかけられて動揺しているが、ファスター王も普通にしていることから、何者なのかと問いかけるのも戸惑っていた。

そこで、クラルスが手を挙げる。

「あっ、私が手伝ってあげるわ。ドレスやワンピースとは違うもの」

《なら、嬢ちゃんの方はクーちゃんに頼むぜ》

「任せてっ！　さあ、二階に行きましょうっ」

「「えっ、あ……っ」」

これを見ていたリュブランが、小さな声でフィルズに問いかける。

「……手伝わせるの？」

「あの二人、人のために何かをするとか、何かを考えるとか、やったことねえだろ。だから、その下地を作るんだ。そんで受け入れることを知れば、大人達やお前や俺の言葉も聞こえるようになるよ。今は何を言っても無駄だ」

「ふ～ん」

「言い聞かせんのにこっちが力使うとか、バカバカしいだろ？」

「なるほど？」

よく分からないが納得しておこうと、リュブランは頷いた。

双子が、クラルスとペルタによって二階に連れて行かれるのを見送り、フィルズは次の話に移る。

「でさ。頼みなんだけど」

「う、うむ……」

頼みと聞いて、ファスター王の背筋が伸びる。少し警戒もしているようだ。

「ああ、その前に紹介しとくか」

そう切り出しながら、立ち上がって窓に向かった。

この魔導車の窓は、高い場所にある。三段ある小さな階段を上がらなければ、そこを覗くことはできない。

それを見て、ファスター王は気になっていたことを口にした。

「今更だが……この広さはおかしくはないか？　部屋よりは、スペースはないが……二段になったベッドが二つもあって、ソファにテーブルが二つ……」

入り口は、フィルズ達が入ってきた中央よりも右寄りの場所に一つと、移動販売車との連結部にある後ろに一つ。

そして、運転席のある前方にも、運転席に出られる扉が一つ。その扉の両側に二段ベッドがあり、天井からの薄いカーテンで仕切られている。

そこから少し離れてクラルスと騎士、リュブランが座る六人がけのテーブルと椅子。二席ほどの間隔を空けて、丁度中央辺りに、ファスター王やフィルズが使っている三人がけのソファーを対面にした応接室のようなテーブルがある。

「それに加えて調理場というのは……まるで、別の場所に来たかのようだ……外から見た魔導車の中とは思えん……」

後方には、調理場やトイレ、シャワー室などの水回りがまとまっており、二階に上がる階段がある。オシャレなシステムキッチンを理想とした調理場には、カウンター席もある。そして、天井も外から見るより高い。

「魔導車って言ってんじゃん。アレだよ。マジックバッグにも使う空間拡張の魔法陣を使ってるんだ。城の宝物庫とかと同じだって聞いたけど？」

「……あれは、古代のものだ……再現はできないものだろう……」

「は？　マジックバッグは今でも作られてるだろ？」

現代でも作られているというのは、神殿長や大きな商会を持っている大聖女からも聞いていた。それに中古も多く出回っている。一般家庭に一つとは言えないが、上級冒険者なら誰でも持っている。

古代の画期的な多くの魔導具は、賢者達が発明し、世界に発信されていた。しかし、時代の流れの中で貴族の利権争いによって技術が衰退したり、失われたりしてしまったのだ。

それでも、マジックバッグを作る技術は、貴族にとってもかなり有用なので、現代まで細々とだが伝えられてきたと聞いている。そのため、冒険者にとっては、マジックバッグは珍しいものではない。使われている空間魔法も、それほど難しいものだとフィルズは思っていなかった。

だが、その認識は少々甘かったようだ。

「新しいものなら、年に十も出れば良いという程度だが？」

「……マジか……結構、周りでも持ってる奴が多かったから、もっと出てると思っていたんだが……じゃあ、その魔法陣を改良しようなんて……」

「思わんな」

「思わないと思いますよ？」

「……え～……」

神殿長にまで断言された。フィルズはかなりの変わり者だと言われているようだ。

「ま、まあ、気にすんな」

フィルズは王に誤魔化すように笑みを向けた。

「……気になるのだが……」

「気にならなくなるさ」

「……」

この話はおしまいと、フィルズは不敵に笑って見せてから、窓を開けてビズ達がいるテントの方へ声をかける。

「ジュエルっ。ちょっと来てくれっ」

《クキュ！》

小さな翼で飛びながら、ジュエルが短い片手を挙げて応える。そして、パタパタと開けた窓から入って来た。

フィルズの腕の中に体を丸めて着地する。すっぽりとハマるのが嬉しいらしい。スリスリとフィルズの服に気持ち良さそうに頬擦りする。

「ご機嫌じゃないか。遊んでもらったのか？　ケーキ食べるか？」

《クキュ〜ゥ》

《クキュ‼》

「アレ、食っていいぞ」

《クキュ〜♪》

フィルズの席に置いてあるケーキ。それを示せば、周りの人など気にならないというように、それに向かって飛んで行った。

「……フィル……これは……まさか……っ」

ファスター王が、目の前に飛んできて、ケーキを器用に小さな手でちぎって口に放り込むジュエルを、丸い目で見て息を呑む。正体を察したようだ。

「今回の氾濫の原因については、先に話したよな」

「ああ……」

フィルズは、イヤフィスでこれまでのことをファスター王へ先に伝えていたのだ。

「確か、隣国の者が森に入ったと……禁足地まで入ったことで、眠っていたドラゴンが反応したかと……そのドラゴンが……」

テーブルの上で少し長めの体を丸めて、シフォンケーキを頬張るジュエルを見つめながら、ファスター王はまさかという思いを隠し切れずにいるようだ。

「一応、表向きは、グリフォンの亜種ってことにしてる。この数日、それで誰もおかしいとか言わないから大丈夫みたいだ。そもそも、幼獣ってのを見たことないのが大半だしな」

そう言いながら、フィルズはソファ越しに手を伸ばして、ジュエルの頭を撫でた。

《クキュ〜ゥゥ♪》

撫でられるのが好きらしく、ジュエルも気持ち良さそうだ。

一方、ファスター王は納得いかない顔をしている。

「……グリフォンに角はないだろう……だがまあ……亜種と……守護獣と言われれば、納得するしかないか……」

「だろ？　ってことで、こいつはグリフォンの亜種だからよろしく」

「……分かった……それで？　頼みとはこのっ……子に関係あるのか？」

「うん。まあ、こいつを刺激した奴のことなんだよ。そいつ、隣の将軍の息子でさ。んで、調べたらどうも、将軍は成り上がりっつって、結構、貴族連中に嫌われてるらしい。息子が無茶したのも、父親を国から解放したかったんだと。これ、隣国に送ったウサギ部隊からの情報」

セクター率いるウサギの部隊を一つ、氾濫の起こる前から隣国に送り込んでいた。今も情報収集をしながら、将軍を護衛しているところだ。

「……フィル……危ないことはするなよ……」

ファスター王の口から出たのは、フィルズの身の心配だった。無茶をするなとは叱《しか》れない。他国にスパイを送ることとさえ、軽くできてしまうと理解したからだ。

「しねえよ。んでさ、この後、氾濫を起こした責任を隣国の連中に取らせるつもりだろ？　その時に、上手いこと将軍ごと引き抜けねえかなって」

「……引き渡しを持ちかけろということか。ふむ……悪くないな」

「だろ？」

ファスター王も一考の価値があると踏んで口角を少し上げる。フィルズは企みを誇るように、ソファの背の上に肘を突き、ニヤリと笑って応えた。

これにファスター王は頷き返す。

「よし。辺境伯と話をしよう」

「そう言うと思って、今呼んだとこ」

「ふっ。ははっ。まったく、フィルには敵わんなあ」

「当然だろ？」

そうして得意げに笑うフィルズに、ファスター王は期待に応えられたようだと嬉しそうに笑った。

王子と王女が着替えを終えて二階から降りてきた頃。辺境伯夫妻のスイルとケトルーアが、片足を失くした青年、フレバーと共に魔導車にやって来た。

フレバーは車椅子に乗っており、ここ数日で、その扱いもかなり上手くなっていた。

「おっ。来たか。スイル姉、ケト兄」

「ああ。失礼する」

「待たせて申し訳ない」

スイルとケトルーアは、中に入って王を確認すると、頭を下げる。

「遅くなりました……」

その後、フレバーがドアから顔を覗かせて頭を下げた。そして、ふわりと車椅子ごと浮き上がる。

この車椅子も立派な魔導具になっており、地上から五十センチの高さまでの空中浮遊が可能。落ちないようにベルトも付いている。飛ぶ時のスピードは、手で普通に動かす時と変わらない仕様だ。周りの安全も考慮している。とはいえ、長くは飛び続けられない。

突然入り口から入ってきたそれを見て、ファスター王や王子、王女は驚いたようだ。王子と王女は声も出ない。

しかし、ファスター王はこの手の驚きには慣れている。

「っ、これはまた……っ、フィル、何てものをっ……二台買わせてもらいたいっ」

「言うと思った。いいぜ。この魔導具仕様なら、一台金貨三枚の三万セタだ」

「そっ、そんな値段でいいのか⁉　安過ぎる！　飛んだのだぞ⁉」

飛ぶことのできる魔導具など、王であったとしても見たことがないだろう。それがどれほどすごい魔導具なのか分かっているからこその指摘だ。

「ああ。けど、飛ぶのは、あくまでも段差を越える時や階段の昇り降りの時だけ。長時間は無理。長い階段を使う時は基本、押してもらう介助者が必要だ」

数段なら良いが、それ以上の場合は、安全のためにも介助者が要るようにしていた。

「それに、本当にこれが必要な人かどうかの審査を受けてもらうから、誰でも買えるってわけじゃないんだ。医療用のものは、本当に必要としてる人にしか出すつもりないから。必要なくなったら回収するのを前提にしてる」

「む……なるほど……その審査はいつすればいい……」

ファスター王が不安そうな顔をする。審査は時間がかかるものと決まっている。そのまま持ち帰ってすぐにでも使おうと思っていたのだろう。誰かに贈るものなら、尚更だ。

その気持ちもフィルズは分かっている。

「アレだろ？　先王夫妻だよな？」

「っ、そ、そうだ。よく分かったな……まさか……」

「いや。ウサギは送ってない」

いくらフィルズでも、さすがに先王夫妻のいる屋敷に、隠密部隊であるウサギを送ったりはしていない。首を横に振って否定する。

「トラ爺が話してたんだよ。昔は先王に可愛がってもらったって。一緒に狩りに行ったり、視察の供をしたりしたんだって。けど、最近は外出もままならないようだってさ。それで、ついこの前、相談されたんだよ。移動が楽になる魔導具はないかって」

「そうだったのか……」

トラ爺ことトランダは侯爵家の前当主だ。リゼンフィアの第一夫人ミリアリアの父であり、フィルズのことも実の孫同然に可愛がってくれている。

先王はトランダよりも年上で、聞いた話から受ける印象だと、足腰が弱っているのだろうと思っていた。弱っていることをあまり知られたくもないのだろう。そういう理由で家の中に閉じこもったり、寝たきりになる老人は多い。それは余計に足腰が弱る原因になる。

健康を気遣いながら生きている者は、特に長く生きる分、動けなくなる時間が長いだろう。

「ならば……持って帰っても？」

「おう。二台用意しとくよ。ただ、魔導具だし、使用者権限を付けてるから、他の奴で試したりできねえんだ。まあ、使い方が難しいってことはないんだが……」

「……？」

フィルズは考え込みながら、ファスター王を見る。そして、決めたというように頷く。

「使い方の研修を受けてくれ。介助者としてのもな。んで、使い方をそのまま向こうで教えてくれればいい。それでいいなら」

「分かった。その研修、受けさせてくれ」

「おう。そんじゃ……」

王に研修を受けさせると聞いて、王子と王女は目を剥いているが、彼らが口を開くより先に、神殿長がキレ良く手を挙げる。

「フィル君！　私も受けたいです！」

「あ～、そうだな。教会に相談したり、運ばれる人もいるだろうし、その方がこっちも助かる」

「っ、ですよね!!」

「あ、ああ……」

神殿長の目は頼られる嬉しさで輝いていた。やる気も十分のようだ。

一方、色々と納得したファスター王は、次の疑問を口にした。

「ところで……必要な者にと言っていたが、一般には高くないか？」

「ああ。だから、一般にはレンタルだ。必要な時にだけ安く貸し出す。それに、魔導具じゃなければ、そんなに高くないのもあるから」

「これだよねっ」

リュブランが、畳んで小さくなって、ベッドの端に置いてあったそれを持ってきて、使えるように開く。これは、一般的な車椅子だ。そのまま買い取りも可能。

「おう。これなら、大銀貨五枚の五千セタだ。飛ばないから階段は登れない。けど、一般的な家に階段はないし、スロープを付ける工事を一箇所につき千セタで受けることにする。補助する介助者にも研修を受けてもらうから、まあ、困ることはほとんどないだろう」

馬車が通ることもあり、この世界の道は広いし、力のある冒険者がその辺を歩いているため、手を貸してもらえることもあるだろう。介助者の研修は、誰でも受けられるようにするつもりだ。

「で、教会で少し負担してくれるって話になってるから、売り上げ金を少し寄付して使って、問題がありそうな道は舗装《ほそう》工事をしようと思ってんだけど、各地の領主がどう反応するか分からんくてさ」

道は綺麗に舗装されているわけではない。とはいえ、人々がよく通る場所は、しっかり踏み固められた道になっているため、そう困ることもない。

しかし、問題になる場所もあるはずだ。そこをきちんと固めれば、需要《じゅよう》も伸びるだろう。せっかく移動できるようになるなら、外にだって出て欲しい。

「なるほど……うむ。通達を出そう。道の整備がしっかりとすれば、商業用の荷馬車にも良いのだろう？」

「おう。そうすると、もっと物の流通も良くなって、景気も良くなる。さすが、分かってるな」

「いや。フィルの馬車に乗るようになって理解した。まだまだ、私も知らぬことが多い……」

「っ……」

そうして反省する父親であるファスター王を見て、王子と王女は、何かを感じたようだった。

ミッション⑥　救出作戦と義手・義足の完成

　その後、フレバーの父親、リフタール将軍についての話し合いがなされた。

「セクターからの情報によると、今回のことの責任を全部、貴族達は将軍に押し付けるつもりらしい」

「っ……父さん……っ」

　フレバーが真っ青になって震える。それは悔しさと、父が貶《おとし》められることへの怒りからのものだろう。国に残して来た母のことも気になっているのかもしれない。

「国への報告でも、以前から結構悪者にされていたみたいだ。指揮してないところでも、負けた責任を押し付けられたり、結果が出せなかったところにすげ替えられたり、逆に功績を横取りされたりしてな」

「だが、俺らから見れば、あの人の功績や行動は尊敬できるものだぞ？　それを横取りされたら、冒険者達とかから何か言われるんじゃないのか？」

いくら功績を横取りされたとしても、周りの目はあるはずだと、ケトルーアは指摘した。これにフィルズは頷く。

「そこが、あの国の欠点だ。あの国では、国の貴族が黒と言ったら、何がなんでも黒だ。目の前に白があっても、それが黒なら黒。だから、外からの冒険者はまず居付《いつ》かないし、意見も聞き入れられない。上の奴らに不都合なことを言ったりしたら、すぐに捕まる」

「そういや……隣から逃げて来たって奴らがいたな……」

権力による締め付けがかなり強いため、規律が厳しく、上からの命令や言葉は絶対。

外から見れば、おかしなことが分かる。だから、中へ潜入して調べようなんて気にもならない。関わり合いになりたくない人から目を背《そむ》けるかのように、手も口も出したくない国だ。万が一向かってきた場合の対策さえ取っていれば良い。だから、意外とこちらも向こうの内情を何も知らなかった。

逆に、他国の情報もあちらの民には伝わらない。よって、日常が貧しくとも、それが普通だと思える。ある意味幸せなことだろう。

「確か、外からの人は、一つの町での滞在期間が決まってるらしい。居づらいって、冒険者の誰かが言ってた」

フィルズの言葉に、ケトルーアが何度も頷く。どうやら、その土地で仲良くなる者を作らせないためらしい。外の情報を知られないようにしたいのだろう。

「そうだ。そんで、国民は一度外に出たら戻れないってのを聞いたことがある」

「ああ。下手に外の国と比べられるのを避けてんだよ。王侯貴族を絶対的な存在にするには、いい手だよな」

完全な鎖国《さこく》でもないのに、盲目的に国のことを信じているという国民性が、何百年と続いている。そのせいで発展が遅くなっているとも聞こえて来ていた。もちろん、それをあの国の民は知らない。そして、あの国には教会がなかった。それは、教会が、神が、彼らを見放したということに他ならない。神殿長の言葉も辛辣《しんらつ》なものになる。

「だから軍事国家として成り立ってるんでしょうねえ。戦争なんて、金も人の自由も奪われるものを、内側から良くないと誰も指摘しないのですから。教会の方でいくら言ったところで、耳を素通りするだけ。教会が撤退してもう三百年ほどになります」

これを聞いたファスター王は、王として、教会が自国からなくなったらと考えて少し顔色を悪くする。

「よく保っているものだ……」

「国民が外に出られませんし、冒険者も基本は自国の者です。旅人も近付きたがりません」

フレバーがそう答えると、クラルスが冷蔵庫の中身を確認しながら、何気なく口を挟んだ。

「あの国はねえ。貴族の庶子《しょし》がたっくさんいるわよ～。一時期、子どもが減ったらしくて、慌てて増やしたんだって」

「「「……」」」

全員の視線が、冷蔵庫を覗くクラルスの背中に向かう。

そして、ファスター王が控えめにお願いする。

「……クーちゃん……もう少し詳しくあの国のことを教えてもらえるか？」

クラルスは目的の物を見つけられなかったのか、冷蔵庫を閉めて、カウンター越しにこちらを向いた。

「いいわよ？」

クラルスは、踊り子として、吟遊詩人として、多くの国の内部事情を知っていた。それは、同じ踊り子や吟遊詩人達の持つ情報を共有して生きてきたから。よって、王族でも知り得ない他国の王族の内部事情も知っていた。

「確か……今の王様には、腹違いの弟妹が十五人いるの。あの国は、男の長子が絶対の跡取りで、下の子達は、これに従うのが当然なんですって。お陰で、王位争いが起きないって聞いて、とっても平和な国なのねって子どもの頃は思ったわね」

王政の場合、どうしても王位争いが王族の中で起きてしまう。その心配がない国と聞けば、確かにとても穏やかで平和な印象を受ける。

「けど、女の立場がすっごく低いの。ちょっとバカにしてる感じもあるわね。男に尽くして当然ってやつ。貴族の夫婦の感じがそのまま広がったのね。それに、二百年くらい前は、『長子が王位につく』ってなっていたらしいんだけど……」

クラルスは綺麗な眉を寄せて、カウンターに前屈みで頬杖を突く。そして、少し目を伏せて続けた。

「それをわざわざ『男の長子』って変えたんですって。まあ、女が一番に生まれちゃったんでしょうけど、だからって卑怯《ひきょう》よね」

不貞腐《ふてくさ》れたような顔をするクラルス。

「それは……確かに」

ファスター王は気まずそうに、けれど、そんな卑怯な王にはなりたくないという様子で頷いた。

「「……」」

この場で聞いていた王子と王女も、何やら考え込んでいるようだ。

その二人を横目で見て、フィルズは小さく呟く。

「……いい傾向だな……」

ここでわざわざ話し合いをすることにした効果が出て来ているようだ。

クラルスが続ける。

「とにかく閉鎖的《へいさてき》で、情報統制《とうせい》が厳しいから、王侯貴族に都合の悪い話は一切出て来ないってことで、吟遊詩人は通過するのも気を遣うわね。外の話をするのが仕事だもの。すっごく警戒されるから中を見たければ変装は必須って聞いたわ」

「……それでもわざわざ行く者があるのか？」

ケトルーアが理解できないと眉根を寄せた。

「あら。だって、その土地土地の事実、史実を伝えるのが吟遊詩人よ？　だから、真実をその目で見て、外に伝えるためには潜入は必要でしょう？」

「潜入って……吟遊詩人って何なんだ……」

更に意味が分からなくなったようだ。だが、フィルズは笑って納得する。

「確かに、時には潜入捜査も必要だよな。じゃなきゃ、教訓も生まれない」

「そうそう。夢物語を語るだけなら、誰でもできるわ。私達が伝えるのは真実から生まれるものだもの。だから、その真実を都合が悪いからって曲げちゃうあの国は好きじゃないわね」

これが本心だろう。

「で、教会が撤退してるから、当然だけど怪我や病気の時も頼りにできる人がいないでしょ？　その上、祝福の儀も受けられないの。そのせいかは知らないけど、あの国、国民の寿命がとっても短いのよ。大体、冬にかなり病気で亡くなるから」

「なんと……っ」

ファスター王が顔を顰めて絶句する。教会の撤退が及ぼす影響は、考えているよりもずっと大きいかもしれないと思ったのだろう。

実際、教会がないことで春の儀式をしないため、リザフトがかつて言ったように、換気ができていないのだ。悪いものが溜まったままになっているため、病気になる者は多くなる。

そこで、クラルスはフレバーへ目を向ける。

「ねえ。フレバー君。今の国民の総数分かる？」

「え？　あ、いえ……でも、大体、一つの町が十家族で、五十人弱なので……」

「「はあっ？」」

ファスター王とケトルーアが反応する。スイルは呆れたという顔をしていた。

「町で？　村ではなく？」

ケトルーアの確認に、フレバーが何度も頷く。

「はい……なので、こちらに来て人の多さにまず驚いたんです……冒険者が多いとは言っても、これだけぎっしり家が建ち並んでいるというのも驚きで……」

これを聞いて、ファスター王が空笑《そらわら》いする。

「なんと。そんなことになっておろうとはなあ。なるほど、だから子どもを増やしたと」

「そう。ってことだから、あの国が存続できるのも、あと十数年かな〜って言われてるのよ。フレバー君も、見切りを付けるなら早い方が正解よ？」

「それが外から見た我が国の状態なんですね……知りませんでした……ここは、食事もびっくりするほど美味しいですし、こんな魔導具や、お手伝いしてくれる魔獣とか、見たことがないものがいっぱいあって……」

「「いやいやいやっ」」

ファスター王とケトルーアが否定する。これが普通だと思われるのは困る。

「これは特別だ。食事はまあ、こちらの方が美味しいかもしれないが、この辺の魔導具はフィルの商会だけのものだからな？　そんな空飛ぶ椅子とか、今までなかったからっ」

「スーとかペルタさんとかも、フィルが作った物だからっ。魔獣じゃなくて、魔導人形な。普通に魔獣がお手伝いとかはないからっ」

二人の必死な弁明に、フレバーは何度も目を瞬かせ、フィルズを見る。

「フィルさんって、すごいんですね」

「まあな。ってことでさ、そんなすごい俺のとこで、親父さんやお袋さんも込みで働かない？　衣食住込み込みで面倒見てやるからさ♪」

「え……お、お願いします……」

「おうっ。よろしくなっ」

新たな従業員確保を喜ぶフィルズ。ファスター王とケトルーアは首を横に振っていた。

「「いやいやいや……」」

そんな流れだったかとか、色々言いたそうにしていたが、神殿長やクラルスは良かったねと手を叩いているし、リュブランとペルタ達は歓迎しますと頷いている。見物に回っていたスイルもまあいいんじゃないかと納得顔。

「話もまとまったし、新作の菓子の試食会いっとくか」

「わ～いっ。待ってましたっ」

こうしてフレバーとその両親の採用が決まったのだ。


ケトルーア達と解散した後、ファスター王は、すぐに隣国への抗議のための書面作成に動いた。

その際、まず書いたのは、いかにリフタール将軍が奮闘したかということと、彼のお陰でこちらの冒険者達も助かったということ。

更には今回の事の原因を作ったらしい死にかけた将軍の息子が、将軍や家族に会いたがっているということ。

国が息子フレバーに遺跡探索を命じたことを証明できる、証拠となる書類が見つかったことも暗に示した。

そして、これをなかったことにしたいのなら、将軍とその家族をこちらに引き渡せという感じにまとめさせた。

それらを書いているところに同席したフィルズは、向かいの席に座り、頬杖をついて手紙を覗き込みながら素直に感心していた。

「……貴族って、遠回しで曖昧な言い方が上手いよな……」

「何事も余白を用意しておくことで、後々の面倒を避けるのだ。フィルはやらないのか？」

フィルズならば、こうしたことも上手くやるのではないかとファスター王は思っていたらしい。

だが、フィルズは心底嫌そうな顔をした。

「なんか卑怯臭くてヤダ……確実なこと言わないとか、詐欺師《さぎし》と一緒じゃん」

「っ、くくっ。なるほどっ。詐欺師かっ。それは、商売人の天敵だしなっ」

「だろ？」

商品開発に関わる者としても、商売人としても、詐欺師にはなりたくないし、出会いたくもない。

ファスター王はひとしきり笑った後、それでもと告げる。

「だが、この手の文書を受け取る側になることはあり得るだろう。書けるようになっておいても、悪いことはないと思わないか？」

「ん……まあ……」

「よしよし。なら私が色々教えてやろう」

「いや……定型文とかねえの？」

「あるにはあるが……それでは私が楽しくない」

「……今何て言った？」

フィルズが胡乱《うろん》げに半眼を向ければ、ファスター王は咳払いをしてはっきり言った。

「うむ。私が教えたいのだ。フィルの役に立っている感じがするだろうっ。父親の座をリゼンから奪ってみせよう！」

「……」

グッと拳を握って見せるファスター王。表情からも気合いが違った。今までのフィルズに関わろうとした大人達と同じ顔だ。これは、地味に面倒くさいのでフィルズは話を変える。

「とりあえず……さっさとコレ、出しちまってくれ」

「む……うむ。ところで……コレを出した場合、将軍は大丈夫か？　あの国の様子だと……引き渡す前に事故に見せかけて始末したりはしないだろうか？」

「そこは、セクターと侵入させた冒険者に任せる。寧ろ、やらせた方が都合がいい。大丈夫だ。絶対に上手くやる」

フィルズは自信満々でニヤリと笑った。あまりにも自信満々だったため、ファスター王もそれ以上は言えず、抗議文を仕上げて、その日のうちに辺境の兵に頼んであちらに送ったのだ。


それから数日後。

氾濫も落ち着き、そろそろ、ファスター王も視察を終えて王都に戻ろうという時。隣国からの返答があった。引き渡しに応じるという。そして、将軍とその家族である妻が、国境の外門を出た所まで馬車で運ばれて来たのだが、その顔色は最悪だった。

夫妻を連れて来た御者や護衛の兵達は、ふらついている将軍とその妻を放り出すように置いて、慌てて退避するように自国に戻って行った。

出迎えの兵の中に紛れてこの場に待機していたフィルズは、イヤフィスで指示を出しながら、すぐに駆け出す。

「リュブラン！　車を回せ！　あんたらも手筈《てはず》通りに！　ここではまだあちらの矢が届く！　森の中も警戒しろ！」

「「「「っ、はっ！」」」」

一部の兵達は急いで散らばり、外壁からの矢を警戒しながら小さな盾を構えて、フィルズと共に倒れた将軍とその妻を守る。そして、馬車に積んで来た担架《たんか》に二人を乗せて安全圏に向けて走り出した。

フィルズは二人の状態を確認しながら、声をかける。

「毒だなっ。おいっ。しっかりしろ！　もう少しだ！　奥さんもな！　息子が待ってるぞ！」

「だ、大丈夫……だ……」

「っ……フレ……っ」

気持ちが悪そうだが、まだきちんと意識はある。毒を盛られることを想定し、その中和剤をセクターに渡して飲ませていたのだ。

完全な解毒にはならないため、その解毒薬を作るためにも、彼らを安全に寝かせるためにも、リュブランを使って小型の魔導車を向かわせているのだ。

その時、兵の一人が叫ぶ。

「敵襲‼」

「ちっ。やっぱ潜んでいやがったか」

兵に偽装したケトルーアが、森から駆け出してくる怪しげな黒装束《くろしょうぞく》の者達へ、剣を抜きながら向かっていく。

その時、外壁の上から、矢が降り注いできた。現代では、魔法よりも弓の方が射程が長いのだ。

そして、その矢を確認したフィルズはニヤリと笑う。

「よしっ！　反撃だ！　ぶちかませ‼」

「「「「おおっ‼」」」」

この攻撃を待っていた。あちらが先に手を出したという事実が欲しかったのだ。

後方を守っていた兵達が、並走していた馬車から反撃に必要な物を取り出す。

まず引っ張り出して来たのは、白い大きな布だ。四つ角に支えるための棒があり、それを使って低めにピンッと張られた布の下に、フィルズと兵達は潜り込む。

布は全部で二つ用意している。ケトルーアは剣で矢を払い落とすから良いが、他はそうもいかないだろうと用意したのだ。

「魔力注入！」

「「「「おうっ」」」」

端にいる兵達が持っている棒に、魔力を込める。すると、飛んできた矢がこの布に阻《はば》まれた。カツン、カツンと当たる音が響き、次いでカラカラと落ちてくる。

そして、白い布と一緒に別の部隊の兵達が馬車から持ち出していたのは、五十センチほどの長さで直径十センチほどの筒《つつ》が、横に十ずつ繋がった兵器。もちろん、フィルズ作だ。

二人で一セット、斜めに地面に挿して装填《そうてん》する。

兵の隊長が号令を出す。

「セット！」

「「「角度よし！」」」

「放てぇぇぇ‼」

「「「発射‼」」」

その筒の中央に魔石があり、そこに兵の一人が魔力を込める。もう一人の兵が角度の微調整をする。そして、光る球が勢い良く発射された。


ポンポンポン！

可愛らしい音を出しながら発射された光る球。それが外壁の上に着弾すると激しい音が響いた。

バチっ‼

バチバチっ!!

雷の球だ。音は激しいが、それほど威力は強くない。本物の雷と比べたら、雲泥《うんでい》の差だろう。静電気のビリビリよりはかなり強めで、体に着弾すれば少し火傷をしたような感じになるが、雷ほどではないという具合だ。

元々、リハビリ用の電気治療機を作るために出来たものだった。

全弾が過《あやま》たず、矢を放って来た外壁の上に向かい、弓矢にビリビリ、バリバリと吸い込まれて、それを持っていた者達が次々に驚いて倒れていく。弱い場所があったのか、弓も多くが壊れていた。

この世界の人々は、感電するという現象を知らないため、その衝撃は予想以上だったようだ。数人が驚き過ぎて外壁から落ちたようだが、自業自得《じごうじとく》だと思って気にしないことにする。

放たれた矢には、フィルズ達がいる場所に刺さっている物もある。そして、弓が折られたことで、どちらが先に手を出したかは一目瞭然《いちもくりょうぜん》。

国境沿いのためこの辺りは諍いが多く、過去に使われた矢が地面に刺さっているのが普通だ。いつもなら、どちらが放った矢なのか断定するのは難しい。

しかし奇《く》しくも、氾濫の折に、この辺りにあった矢は魔獣達に踏み砕かれており、今刺さっているのは先ほど放たれた矢しかない。

「よし、まあ予想通りだ。それに、来てるみたいだな……」

フィルズが確認したのは、外壁の上。弓矢を放っていた兵達がいる場所からは少し離れた所だ。そこに、隣国の冒険者ギルドと商業ギルドの長達が、世話になった将軍が国を追放されることを聞きつけたという体《てい》で、密かに見送りに来ていた。

もちろん、これもフィルズの作戦だった。彼らは聞きつけたのではなく、聞かされていたのだ。そして、この事態の証人になってもらったというわけだった。

「これで大丈夫なのですか？」

「あの国、いちゃもん付けるの得意ですよ？」

「後で色々言ってくるんですよね……」

兵の者達が急いで筒を回収しながら、一緒に駆け出す。矢避けの布は広げたままだ。

後三メートルほどで、弓の射程から外れる。そこまではとにかく走る。

「大丈夫だ。冒険者ギルドと商業ギルドの頭は、まともな人だって聞いてる。将軍をこちらに引き渡して追放するはずなのに殺そうとしたって、他の国にも早急に情報を回してくれる手筈になってる。もちろん、あの国の中にもな。この将軍に世話になった奴は多いらしい」

「なるほど……」

今も毒で苦しそうにしている男、リフタールは、優しく、正義感のある人だった。民が一方的に搾取《さくしゅ》されるあの国で、それがおかしいと気付いた人。だが、しっかりと自分の足下を固めなければ、それを声高に言うことはできないと考え、我慢強く耐えていた人だ。

「ちゃんと、助かりますか……？」

こちらにも、この将軍によって助かった兵士がいるらしい。わざと逃してもらったりしたと聞いている。

走りながらも、心配そうにフィルズの方を振り向き、目を向けてくる兵士は多かった。

これに、フィルズは笑みを見せる。

「当然だ。それに……ウチの従業員にするつもりなんだ。死なれたら困る」

「「「えっ！」」」

一様に、ものすごくショックだという表情が向けられた。何でだとフィルズは片眉を上げる。

「何だよ……さすがにここに置いとくのは国境に近いし、面倒なことになるだろ。それこそ、いちゃもん付けてくるぞ」

この辺境に留まれば、いくらお互いに情報の行き来がないからと言っても、隣国の目に留まる。今までも将軍の話はこちらでもされていたのだ。逆に、向こうに伝わってしまうこともあるだろう。それはリフタールにとっても、あの国にとっても良くはない。

あちらの国の面倒さは兵士達も分かっているため、フィルズに言われて無理だと悟る。だが、残念なものは残念なようだ。少し走る速度も落ちた。

「そうですけど……」

「一緒に訓練したかったな……」

「稽古《けいこ》付けてもらうとか期待してたのに……」

これだけ好かれていた敵国の将軍とは、一体どんな存在なのだろうか。

「いやいや。どんだけコイツに期待してんだよ。まずはちょっと休ませてやれ。色々考える時間も必要だろ」

この言葉に、兵達は何とか納得してくれた。

「それはまあ……」

「うん……確かに……」

「そっかあ……」

ものすごく不満げではあったが、これ以上はケトルーア達や本人に任せようと決める。

その直後、フィルズ達は射程距離の外に出た。望遠鏡がない以上、あちらの外門からはただの馬車にしか見えない位置に魔導車がやって来て、その場で回転し、フィルズ達の方に後ろ向きに停車した。

「ほら、さっさと解毒してやらんといけないんだ。急げ。そんで、そのまま乗り込んでくれ」

「「「はいっ」」」

停車した魔導車の後ろにあるドアが上に上がって、自動で開く。そして階段になっているタラップも下りた。自動開閉なので、雨の日でも濡れずに開け閉めできる。ドアが傘になって助かるだろう。

そうして、担架を持つ者ごと魔導車へ乗り込んだ。もう安全だ。

毒の解毒などの問題はまだあるが、無事に将軍リフタールと、その妻を連れ出すことに成功したのだった。


隣国の将軍だったリフタールとその妻を助け出してから半月が経った。

あの日の翌日には、毒の効果もフィルズが調合した解毒薬によって完全に消えており、助け出した夫婦は苦しんでいたのが嘘のようにケロッとしていた。

その様子を見たファスター王が、とても安心していたのがフィルズには印象的だ。毒を盛られても、フィルズならば助けてくれると思っていたらしい。

さすがに、知らない毒は無理だからと、一応は言っておいたフィルズだ。それでも、公爵家を出るまで、第一夫人に豊富な種類の毒を盛られ続けてきただけあって、普通の人とは段違いに詳しい。大抵の毒には対応できるというのが、実際のところだった。

やがてファスター王は王子、王女と騎士一人を置いて、機嫌良く王都に戻って行った。もちろん、以前話していた固定の映像機能付きの遠話機もきっちり受け取ってだ。

辺境から公爵領都に戻って来たフィルズは、まず、義手と義足の製作に取り掛かった。義手の方は、公爵領の騎士団長ヴィランズに渡す約束になっている。義足は当然フレバーのものだ。

二人を呼んで何度か実験もし、完成させた物の取り付けも全て完了すると、ヴィランズはキラキラと目を輝かせ、振り回すように動かす。

「どんな感じだ？」

「すげえ……腕みたいに動くっ」

「いや、そのつもりで作ってるから……」

「だって剣も振れるぞ！」

「だから、そのつもりで作ってんだってっ。散々、実験したろうがっ」

何のために付けたのか分かってないだろと呆れながら、フィルズは次に、真剣な表情で慎重に義足で歩くフレバーへ目を向ける。

「足の方はどうだ？　走るのも問題なさそうか？」

「っ、は、はいっ。痛みもないし……少し違和感はやっぱりありますけど、慣れるでしょうし……動くのに全く問題はなさそうです」

「そりゃあ良かった。けど、今後も不具合とかあったら教えてくれ。これから義足や義手が必要になる奴らのためにもな」

「分かりました！」

フレバーはとても真面目な青年で、これまでの実験でも細かいところに気付いてくれるし、かなり助かっていた。常に大雑把《おおざっぱ》で、報告や感想が上手く伝えられないヴィランズの通訳までしてくれた。

そのヴィランズは、もう動きたくて仕方がないらしい。実験に付き合う中ですっかり打ち解けたフレバーを誘う。

「よ～し！　フレバー！　稽古場行くぞ！」

「っ、はい！」

フレバーも、ヴィランズほどではないが、喜びを隠せていない。ソワソワとしながら駆け出す。

部屋を飛び出して行こうとする二人の背中に、フィルズは一応注意しておく。冒険者が対象になることを想定しているため、頑丈さには気を付けたが、それでも無理はやめて欲しい。

「おい。はしゃぎ過ぎんじゃねえぞ！」

「おうっ」

「は、はいっ」

「……本当に大丈夫か……？」

唐突に静かになった工房《こうぼう》で、フィルズはため息を吐いた。これに、助手のクマであるこの工房の管理者、スタックが、使った工具を片付けながら首を傾げる。

《いちおう、ホワイトさんにかんししてもらう？》

「そうだな……そうしてくれ」

《あいっ》

元気な片手を挙げての返事はクマ達に必須の仕様だ。

改めてふうと一息吐いてから、フィルズは次の作業に移る。

「さてと……ようやくアレに取り掛かれるな」

キャスター付きの椅子に座ったまま、背もたれに体重を預けて、少し振り向く。

壁際にある作業台の一つには、透明のケースのような大きな物から、小さな鍋のような物などが置かれている。

「全部、部品は揃ったんだよな？」

《そろってましゅっ》

「よし。そんじゃ、今日中に仕上げるぞ」

《あいっ！》

翌日。

完成したとある機械を、クマ達に工房から開店前のセイルブロードの店の前へと運ばせた。

フィルズが屋敷のエントランスに出ようと階段を降り切るところで、制服に着替えたクラルスが、二階の階段の上に現れる。

「あら？　あらあら？　もしかして！　出来たの!?」

クラルスは、玄関から出て行くクマ達が、台車に載せて運んで行った機械を見て、待ってましたとばかりに階段を駆け降りてくる。

フィルズが作ったのは、辺境で出来た新作お菓子を作る機械だ。クラルスも完成を楽しみにしていた。

「おう。夜の内に完成させたんだ」

「何回か車の運転の練習も兼ねて、リュー君達が辺境に荷物を受け取りに行ってたものねえ」

「ああ。鍛冶師の爺ちゃん達や、おっちゃん達が張り切ってくれたからな」

辺境にいる時に、鍛冶師など、職人街の親父さん達にその機械を作るための部品をお願いしていた。氾濫時、補聴器やメガネを購入してくれた年配の者達は、これでまた現役に戻れると言って、若い者を張り倒しながら鍛えているらしい。職人街が活気付き過ぎだと、ケトルーアとスイルは笑っていた。

張り切ってくれた彼らのお陰で、数日で一台分の部品は用意できたのだが、それだけではきっと足りないからと、追加をお願いしていたのだ。それがかなりの量になっている。

それでも、きっとまだまだ需要が見込めるだろう。抜かりないフィルズは彼らと契約も交わした。その上で、後日、若者達の教育が終わり次第、セイスフィア商会専属の技術者として来てくれることにもなっていた。

「それにしても、不思議ねえ。クルフに違いがあるなんて」

「まあな。いつかは確認したいと思ってたんだが、ジュエルがいい仕事したな」

「ほんとよねっ」

これが聞こえたのか、遂に念願のお菓子が存分に食べられると思ったのか、ジュエルが玄関前で待っていた。

辺境には広い領地があるが、氾濫の危険や隣国からの攻撃があるため、住宅街が小さくまとまっている。もしもの時に、住民の被害なく戦える場所を確保するためにも、農耕地を広く取ってあるのだ。

その中でも、一際頑丈な野菜が柵代わりになると好まれて育てられていた。それが、この世界でのトウモロコシ、『クルフ』だった。

「ほとんど畑の肥料《ひりょう》か、馬の餌《えさ》にするって聞いたけど、もったいなかったわよね」

「まあな。けど、あの種類はあんま甘みがないし。そうなるのも仕方ないかもな。おっちゃん達も柵代わりだって言ってたし」

「刈《か》り取《と》る時は冒険者達でやるって言ってたものね……」

「硬いからな……」

この世界のトウモロコシは、二メートル近くまで伸び、茎《くき》がとにかく硬い。だから害獣避けの柵代わりになり、繊維《せんい》もしっかりしているため、紙の材料としても使われる。

特にこの特徴が顕著《けんちょ》に出る種があり、育つのに季節も問わない。本当に、柵としてあるための植物ではないかと思われても仕方がない種類。

それが今回、辺境で見つけた種類で、爆裂種のトウモロコシが出来るクルフだった。

そう、ジュエルが発見したのは、ポップコーンになる種類のクルフだったのだ。

「突然ジュエルちゃんが火をつけた時は驚いたわよ？」

《クキュ？》

首を傾げながら、パタパタと体に合わない小さな羽で飛んで、クラルスに抱っこをせがむ。

《クキュウっ》

「抱っこ？　もうっ、甘えん坊さんっ」

《クキュ♪》

ジュエルは抱っこされるのが嬉しいらしく、クラルスやフィルズを見つけては飛んで来る。

とはいえ、今回は待っていたポップコーンメーカーを見つけて飛んで来ている。

「けど、アレを柵にって、いい考えだよ。火が飛んで来たら破裂して警報《けいほう》代わりになるし。破裂した後はそのまま畑の肥料だったみたいだけどさ」

「ふふふっ。そうねえ。当たっても痛くないけど、びっくりはするわよね。どっちに飛んでくるかも分からないし、結構飛ぶし」

畑でジュエルの吐き出した炎によって、ポップコーンになり、パニックになったのは良い思い出だ。普通なら、乾燥させないとポップコーンのようにならないため、畑でポンポン弾けることはない。

だが、紙にするでもなく、柵として育てたものであったため、収穫せずに枯れるまで放置されることも多く、そのまま充分に乾燥していたのだ。ジュエルはそれを狙ったらしい。

「いつか見つけようとは思ってたけど、まあ、楽できて良かったぜ」

色んな種類のクルフを見つけて、集めて、乾燥させてという面倒が全て吹っ飛んだので良かったことにしておく。

「紙にも出来るし、元男爵領の方でも育てられるように、公爵には手紙を送っておいた」

「管理する土地が広くなるのも困るって言ってたけど、土地があって良かったわねえ。仕事にもなるし？」

「そういうこと。けど、あそこはまず、住民達の気力とか体力を回復しないとな……」

元男爵領は、横暴な前領主のせいで住民達が疲弊《ひへい》しており、とにかく活気というものがない。こちらの教会や冒険者ギルドからも人をやり、そんな住民達の救済に当たっていた。

ここひと月ほどでようやく落ち着いて来たところで、その気晴らしも兼ねて、神殿長が辺境まで来ていたのだ。

それでも、やはりまだ雰囲気は暗い。人も土地に対してかなり少ないのだ。子どもを育てることに不安があったため、その数はとても少なかった。

子どもの声が聞こえないというだけでも、町の雰囲気がかなり違うものだ。

「出て行っちゃった人達が帰って来たくなるような、そんな楽しい町に出来たらいいわねえ」

「そう……だな……」

「土地はあるんだし、フィル君買っちゃう？」

「あそこの土地を？　買う……買うか……子どもが……親子が住みたがる町……公園……よし！　公園を作るぞ」

「ん？　こうえん？」

方向性は決まった。

「そうしたら、ポップコーンもそこで売れるしな。まあ、まずは、ここでオヤツとして受け入れられるかどうかだな」

「大丈夫よ～。私が宣伝するんだから！」

《クキュウっ！》

「ジュエルちゃんも？　いいわ！　売るわよー!!」

《クキュキュウウ！》

クラルスとジュエルはえいえいオーと腕を上げて、気合いも十分だ。

「そんじゃあ、頼むな」

「任せて！」

《クキュ！》

「あの『ポップコーンメーカー』も、見てるだけで楽しいしね！」

《クキュ～ウ》

「まあな」

今回のポップコーンメーカーは、フィルズの記憶を頼りに何となくのイメージから作ったもの。見た目はこんな感じだったというくらいの情報から作り上げたため、実際に地球にあった物とは多少違っているが、見た目の楽しさは確保した。

弾けていく最中にも下から取り出せるように、種を入れる鍋から弾かれていく出来立てのポップコーンが、斜めに配置したガラス板を滑って下に落ちてくる。

そこから、味を付ける混ぜる機械にスコップで入れて中で少し乾燥させた後、一人分ずつに分けて出て来るようにしてある。これは、米の合数《ごうすう》を計る、計量できる米びつを参考にした。

それを出すのも楽しいと言って、クラルスは何度も遊んでいた。スタッフも楽しくが一番だ。

因みに、このポップコーンメーカーは、クマでも扱えるように小さなリフト付きになっている。人手が足りなくなっても少しは安心だ。

設置場所には、エン、ギン、ハナも来ており、このポップコーンを交替で担当することになるリュブラン達も集まっていた。

「おっ。担当者はこれで全員だな。今日はポップコーンの初お披露目《ひろめ》だ。味は塩とチーズとキャラメルを用意する。昨日までの研修はバッチリか？」

試作機で練習させていたのだ。味も、その中で選ばれたもの。

「「「「はいっ！」」」」

そこには王子と王女、そして近衛騎士もおり、そろそろ着慣れてきた店の制服を着て同じように真面目に返事をしていた。

ここでの暮らしにもかなり馴染《なじ》んで来ているようで、最初の頃の傲慢《ごうまん》そうな様子は見られない。

この日。

訪れた者達からポップコーンの噂は一気に広がり、子どものお小遣いでも買えるお菓子ということで、人気商品となっていく。

一方で、ヴィランズやフレバーの義手と義足に驚き、それに希望を見出す者も現れた。

数日後、セイルブロードに、その仮の相談窓口を用意すれば、他領からも顔を出す者が続出した。

これはフレバーが主に担当することになる。

助け出したリフタールも息子の補佐に付き、リハビリにも力を入れることになっている。妻の方は料理に興味深々で、惣菜店のスタッフとして入ってもらった。彼女も今は楽しく働いている。

「よし！　それじゃあ、開店だ。母さん」

「は～い♪　それじゃあみんなっ、今日も一日楽しく笑顔で頑張りましょう！」

「「「「頑張りましょう!!」」」」

青々とした快晴の空に響くその楽しそうな声に導かれるように、今日もまたセイルブロードの前には、開店を待つ人々の長い列が出来ていた。

The Record by an Old Guy in the World of Virtual Reality Massively Multiplayer Online

とあるおっさんのVRMMO活動記 1〜27

椎名ほわほわ
Shiina Howahowa

アルファポリス 第6回 ファンタジー小説大賞 読者賞受賞作!!

累計150万部突破の大人気作
（電子含む）

ついに TVアニメ化決定!!!

コミックス 1〜10巻 好評発売中!

超自由度を誇る新型VRMMO「ワンモア・フリーライフ・オンライン」の世界にログインした、フツーのゲーム好き会社員・田中大地《たなかだいち》。モンスター退治に全力で挑むもよし、気ままに冒険するもよしのその世界で彼が選んだのは、使えないと評判のスキルを究める地味プレイだった!
——冴えないおっさん、VRMMOファンタジーで今日も我が道を行く!

1〜27巻 好評発売中!

各定価：1320円（10%税込）　illustration：ヤマーダ

漫　画：六堂秀哉　B6判
各定価：748円（10%税込）

アルファポリスHPにて大好評連載中!

アルファポリス 漫画　検索

『作業厨』。それは、常人では理解できない膨大な時間をかけて、レベル上げや、装備の制作を行う人間のことを指す――ゲーム配信者界隈で『作業厨』と呼ばれていた、中山祐輔《なかやまゆうすけ》。突然の死を迎えた彼が転生先として選んだ種族は、不老不死の半神《デミゴッド》。無限の時間とレインという新たな名を得た彼は、とりあえずレベルを10000まで上げてみることに。シルバーウルフの親子や剣術が好きすぎて剣そのものになったダンジョンマスターなど、個性豊かな仲間たちと出会いつつ、やっと目標を達成した時には、なんと三百年も経っていたのだった!

◉定価：1320円（10%税込） ISBN 978-4-434-31742-2 ◉illustration：ox

迷宮攻略の途中で勇者パーティーの仲間達に見捨てられたリックは死の間際、謎の空間で女神に前世の記憶と、万能の転生特典「創聖魔法」を授けられる。なんとか窮地を脱した後、一度はパーティーに戻るも、自分を冷遇する周囲に飽き飽きした彼は、わざと追放されることを決意。そうして自由を手にし、存分に異世界生活を満喫するはずが——訳アリ少女との出会いや悪徳商人との対決など、第二の人生もトラブル続き!?　世話焼き追放者が繰り広げる爽快世直しファンタジー!

◉定価：1320円（10%税込）　ISBN 978-4-434-31745-3　◉illustration：匈歌ハトリ

アンデッドに転生したので日陰から異世界を攻略します
Fukami Sei
深海 生
不死者だけど
楽しい異世界ライフを
送っていいですか？
社畜サラリーマン、転生したらゾンビになっちゃった!?
過労死からの不死議な冒険!?
社畜サラリーマン・影山人志（ジン）。過労が祟って倒れてしまった彼は、謎の声【チュートリアル】の導きに従って、異世界に転生する。目覚めると、そこは棺の中。なんと彼は、ゾンビに生まれ変わっていたのだ！ 魔物の身では人間に敵視されてしまう。そう考えたジンは、（日が当たらない）理想の生活の場を求め、深き樹海へと旅立つ。だが、そこには恐るべき不死者の軍団が待ち受けていた！
●各定価：1320円（10%税込） ●ISBN 978-4-434-31741-5 ●illustration：木々 ゆうき
日陰限定ですが、異世界で好きに生きます！
アルファポリス

この作品に対する皆様のご意見・ご感想をお待ちしております。

おハガキ・お手紙は以下の宛先にお送りください。

【宛先】

〒150-6008 東京都渋谷区恵比寿4-20-3 恵比寿ｶﾞｰﾃﾞﾝﾌﾟﾚｲｽﾀﾜｰ 8F
（株）アルファポリス　書籍感想係

メールフォームでのご意見・ご感想は右のＱＲコードから、
あるいは以下のワードで検索をかけてください。

アルファポリス　書籍の感想　検索

ご感想はこちらから

本書はWebサイト「アルファポリス」（https://www.alphapolis.co.jp/）に投稿されたものを、
改題、改稿、加筆のうえ、書籍化したものです。

趣味《しゅみ》を極《きわ》めて自由《じゆう》に生《い》きろ！3
～ただし、神々《かみがみ》は愛《いと》し子《ご》に異世界改革《いせかいかいかく》をお望《のぞ》みです～

紫南（しなん）

2023年　4月　30日初版発行

編集－矢澤達也・芦田尚
編集長－太田鉄平
発行者－梶本雄介
発行所－株式会社アルファポリス
〒150-6008 東京都渋谷区恵比寿4-20-3 恵比寿ｶﾞｰﾃﾞﾝﾌﾟﾚｲｽﾀﾜｰ8F
TEL 03-6277-1601（営業）　03-6277-1602（編集）
URL https://www.alphapolis.co.jp/
発売元－株式会社星雲社（共同出版社・流通責任出版社）
〒112-0005 東京都文京区水道1-3-30
TEL 03-3868-3275
装丁・本文イラスト－星らすく
装丁デザイン－AFTERGLOW
印刷－中央精版印刷株式会社

価格はカバーに表示されてあります。
落丁乱丁の場合はアルファポリスまでご連絡ください。
送料は小社負担でお取り替えします。
©Shinan 2023.Printed in Japan
ISBN978-4-434-31925-9 C0093